KB119661

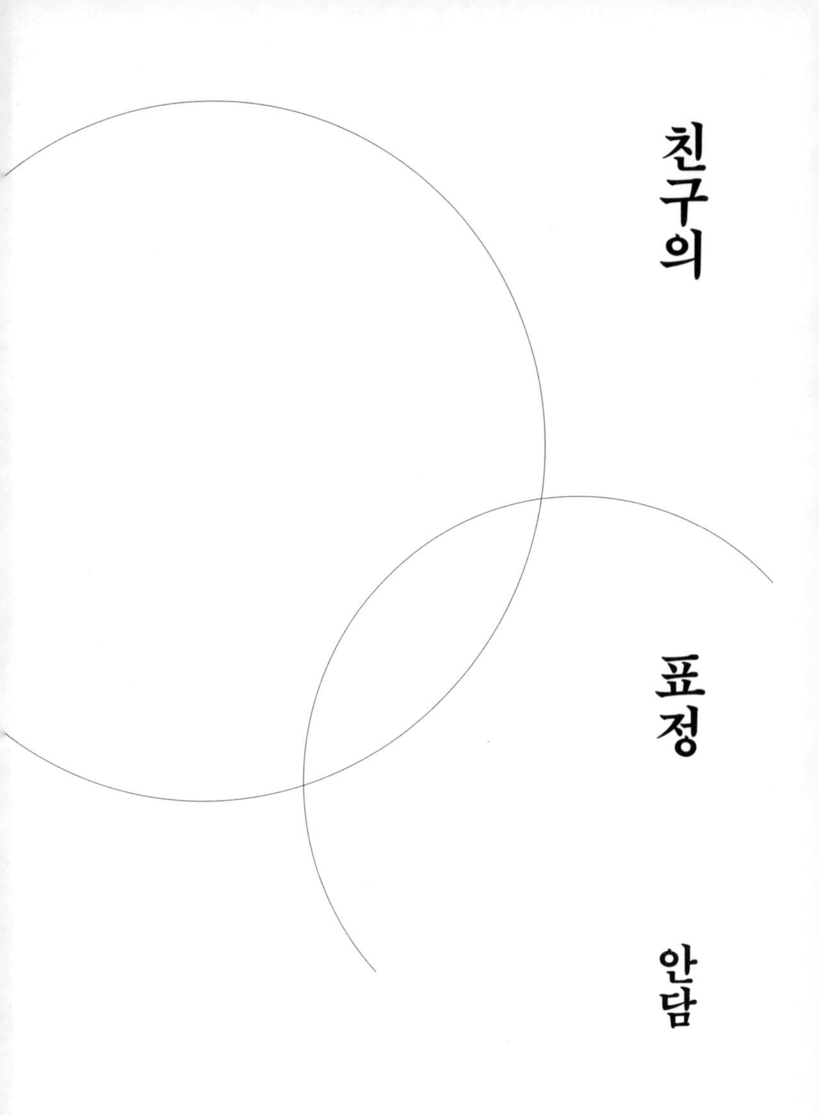

친구의 표정

안담

위즈덤하우스

차례

프롤로그	7
사랑으로 하는 일	13
우리는 으슥한 곳에서 만나	26
눈뜨기 연습	40
낡을 힘이 있는 정치를 위하여	54
당신의 용기를 지지합니다	59
제리는 열십자로 죽는다	72
칼 가는 밤	84
나의 개와 너의 쥐	89
꿈은 이루어지고 공연은 멈춘다	106
러브 다이브	121
보철 여인의 키스	130

인권에 해가 되지 않는 선에서 134
지각 141
마감이 빨라지는 팁—챗지피티와 함께 153
어떤 6월 159
월드컵공원 (못) 가는 이야기 177
만 명의 여자 191
그것은 묘사하지 말아볼까요 200
충분히 마르지 않은 몸으로도 207
포인터야 아저씨 235
작가-친구-연습 249
최후의 독자 261

프롤로그

이 책의 발원지는 친구들이다. 그리고 이 책은 넘어지기를 반복하는 사람의 이야기다. 잘 넘어지는 사람이 친구들에게 기대어 쓴 글을 모았다. 그 일이 가능하도록 이름과 말과 사유를 빌려준 친구들에게 감사하다. 개한테 밥 한번 해주고 싶은데, 그런 생각을 하다 보면 한 달도 가고 한 해도 간다. 인복이 있다는 말을 자주 듣는다. 우정은 희소한 자원이다. 복이나 운으로 설명하고 갈무리하기엔 흥미롭고 문제적인 관계다. 귀한 자원을 배부르게 독식하는 것이 이 우정의 결말이라면 친구들에게 실례라는 생각이 든다. 그만큼 우정을 새로 만들고 나누는 일에도 힘쓰겠다.

과거의 내가 고마웠던 적보다는 원망스러웠던 적이 더 많지만, 이 책이 만들어질 미래를 모르던 2022년 12월 14일에 적어둔 일기를 볼 때만큼은 내가 기특해죽겠다.

"최근에 쓰고 있는 원고에서도 친구들의 말이 매번 인용된다. 큰일이다. 독자가 '얘는 ○○랑 ××랑 △△ 등등이 없으면 글을 못 쓰나 봐'라고 생각할까 봐 걱정된다. 그래서 미리 선수 칠지 생각 중이다.

> 이 책을 다 읽은 여러분의 머릿속에는 한 가지 질문이 떠올랐을 겁니다. 이 사람은 친구 없으면 글을 못 쓰나? 이 자리를 빌려 대답해드리자면 그렇지 않습니다. 그것은 사실이 아닙니다. 친구들 없이도 저는 얼마든지 쓸 수 있습니다. 다만 친구들이 있을 때 더 잘 쓸 뿐입니다. 제가 이런 작가의 말을 쓸까 말까, 고민하고 있다고 하자 저의 친구 ××는……

가령 이런 작가의 말을 써보는 것에 대해……."

혹시 이런 순간을 기다리며 사람은 일기를 쓰는 것일까? 그 일기가 책보다 먼저 쓰인 프롤로그라는 사실을 발견하는 기적과도 같은 경험을 한번 해보기 위해서……! 내 근처에는 일기를 잘 쓰는 친구들이 있다. 문구류만 탐낼 뿐 일기를 꾸준히 써본 적은 없는 주제에, 잊을 만하면 또다시 일기 쓰기에 도전하는 이유는 친구들의 일기를 읽는 게 즐겁기 때문이다. 새해 소망이 다 불타고 재만 남았음을 확인하는 계절인 여름, 지난 다짐을 이리저리 수리하여 다시 말해본다. 앞으로 나도 좀 더 재미있는 블로그 이웃이 되려고 노력하겠다.

2023년 6월 11일부터 7월 8일까지 연재했던 메일링 〈친구의 표정〉이 책의 몸통이 되었다. 그 전에 쓴 글도, 그 후에 쓴 글도 어딘가에서 꽈당 넘어지는 모습이 담겼다면 뽑아서 보탰다. 혹시라도 그 모든 글을 읽어본 희귀하고 이상한 독자가 있을 가능성에 대비해 발표하지 않은 글도 넣었다. 이렇게 묶을 수 있기를 열렬히 바랐음에도 이따금 걱정이 앞섰다. 뭔가를 시도했는데 잘 안 됐다는 이야기로 일축할 수도 있지 않을까. 신념과 욕망과 실천 사이의 틈이 없는 민첩하고 건강한 사람들에게는 정성스러운 우는소리로 들리는 게 아닐까. 그런 독해가 슬프게도 꽤 정확하다는 생각이 드는 날에는 한 자도 더 쓰기가 어려웠다. 자주 의기소침해지는 작가의 등을 두드려 다시 쓰게 한 사람은 곽선희 편집자다. 그는 누가 어디서 나에 관해 좋은 말을 하면 내게 보여주러 온다. 나도 나에게 잘 안 해주는 번거로운 짓을.

염치없지만, 이 책이 건설적으로 나이 들 수 있게 도와달라고 독자들에게 부탁드린다. 인테리어 소품이나 라면 받침으로 쓰다가 낡아도 고맙고, 누군가 이 책의 한계를 지적하며 그 너머의 이야기를 들려준다면 더 고맙다. 세상에 나온 글들은 더 이상 내 것이 아니고, 따라서 이 책의 독해와 사용 방식을 쓴 사람이 계획할 수 있다는 생각은 오만임을 안다. 그럼에도, 이 책이 어떤 실패를 귀여워하거나 가여워하는 근거로만 동원된다면 슬플 것 같다. 나는 우리가 자신에게 더 너그러워야 한다는 입장에 선뜻 동의하기가 어렵고, 종 단위에서 인간이 인간의 사정만을 지나치게 이해했기 때문에 생겨난 문제들 앞에 심각한 두려움을 느낀다. 어떻게 하면 우리가 우리에게 덜 너그러울 수 있을지를 고민하며 썼다. 죄책감과 수치심의 그늘에서 나와서, 억울함도 박탈감도 없이, 다만 그렇게 해야 하므로 그렇게 할 수 있기를 바라면서.

표지에 아른거리는, 어딘가 뚱한 표정의 개는 나와 살고 이름은 무늬다. 그는 나와 누구보다도 많은 시간을 붙어 있는 친구다. 이 책은 그가 없었다면 쓸 수 없었을 것이다. 식구를 향한 배타적 애정을 과장하려는 표현이 아니다. 나는 무늬를 먹여 살리기 위해, 그가 아프고 늙은 개가 될 미래에 후회를 덜 느끼기 위해 일한다. 무늬 덕에 나는 좀 더 억척스러워졌고, 전보다 망신을 잘 견딘다.

내 친구는 곳곳에 있다. 거울 속에, 침대에, 서울시

관악구나 은평구나 성북구에, 강원도 평창군에, 경기도 수원시에, 노르웨이에, 길거리에, 어느 건물의 흡연 구역에, 보도블록과 풀숲에, 점차 상해가는 바다와 땅과 하늘에, 그리고 수많은 책 속에 있다. 그들과 나눈 대화를 읽게 될 누군가에게 인사를 건넨다. 당신과의 우정도 기대하고 있다.

2024년 8월

긴 산책을 나가며
안담

© 한유리

—

어느 밤 반가운 전화가 왔다. 나의 가장 가까운 이웃이자, 무늬의 0호 이모이자, 지극한 친구인 이끼로부터의 전화였다. 목소리에 지친 기색이 역력했다.

> 오늘 담이네 집에 가서 좀 자도 될까요?
>
> 물론입니다. 밥은 먹었나요?
>
> 너무 배가 고파요.
>
> 얼른 와요.
>
> 고마워요.

그때 이끼는 한창 단명할 운명을 타고난 여자가 나오는 연극을 만들고 있었다.

잠시 후 우리 집 현관으로 청초하기도 초췌하기도 한 미인이 매가리 없는 인사와 함께 들어왔다. 배가 고프다더니 어디서 피죽도 못 얻어먹은 것처럼 새하얀 얼굴이었다. 마침 또는 하필이면 냉장고에 설렁탕이 있는 밤이었다. 긴 몸살을 앓고 있는 내게 애인이 사서 보낸 고기 국물. 이끼가 도착하기 전부터 나는 그 설렁탕을 끓이고 밥을 데워놓고 있었다. 그 정도로 상을 차렸다고 하기는 민망해서 신선한 파를 좀 썰어 탕 위에 뿌리고 건더기를 찍어 먹을 맛간장을 만든 다음 이끼에게 내주었다. 이끼는 따뜻한 국물을 먼저 한 순갈 떠서 꼴깍 삼켰다. 그러더니 펑펑 울었다. 맛있어. 연신 눈물을 닦아내면서 맹렬하게도 밥을 먹었다. 밥을 먹어서인지 울어서인지 점점 볼에 혈색이 도는 이끼를 보면서, 나는 다음번에 그가 오면 굳이 내 손으로 고기를 삶아주고 싶다고 생각했다. 젓가락으로도 잘라 먹을 수 있는 부드러운 수육을. 같이 먹을 무생채는 좀 맵게 무치고, 거기에 실한 굴도 곁들이고 싶다고. 그건 더 맛있게 먹을 텐데.

• •

이끼와 나는 둘 다 비건지향인이다. 이끼는 모든 비건지향인에게는 고기를 편하게 먹을 친구가 필요할지도 모른다고 말했다. 나도 그렇게 생각한다.

어느 가을 오후 5시경에, 나는 잠에서 깼다. 바깥에는 동화에나 나올 듯한 매서운 바람이 불고 있었다. 아침저녁으로 등산을 하고 약을 먹어도 도무지 밤에는 잘 수가 없는 이상한 시기였다. 한숨도 잘 수 없는 새벽을 보내고 낮이 되어서야 시체처럼 잠을 잤다. 제도적으로 유효한 모든 일은 낮에 일어나므로, 필시 많은 사람을 화나게 아니면 걱정하게 만들 수밖에 없는 수면 패턴이었다. 메일 함에는 '안담 작가님'으로 시작하는 업무 메일이 쌓여만 가는데, 나는 그 메일들이 모두 [업보]라는 말머리를 달고 도착하는 것만 같은 착시에 휩싸여 곧 죽어도 메일을 열어볼 엄두가 나지 않았다. 눈을 끔뻑거리면서 이른 저녁의 바람 소리를 들었다. 죄를 지은 누군가를 지상에서 쓸어버리려고 하는 바람 같았다. 오늘도 좆됐구나. 그리고 아마 내일도…….

문득 이끼 생각이 났다. 어제 이끼가 리딩을 하느라 밤을 새워야 된다고 그랬는데. 어젯밤 무사했느냐고 메시지를 보냈다. 잠시 후에 이끼는 대답했다.

"저, 육식하고파."

연유는 다 모르지만, 이끼의 하루도 좆된 것이 분명했다.

육식할까? 메뉴는 상관없어요?

비윤리적이면 뭐든.

저도요. 지금 장 보러 갈게요.

담이가 하게요?

직접 하고 싶어요. 배달 안 하고.

뭐 만들 거예요?

보쌈이요.

3년 만인가, 4년 만인가 내 손으로 직접 사보는 고깃덩어리였다. 마치 어제 해본 요리를 만들듯이 부엌의 흐름이 부드럽고 순조로웠다. 손에 축적된 기억이 알아서 하는 일이었다. 냄비에서 수육이 끓는 동안에 알배추를 소금에 절여둔다. 상추만으로는 아쉽고, 살짝 숨이 죽은 달달한 배추가 몇 장은 있어야 좋다. 굴이 없어서 대신 사 온 어리굴젓을 담는다. 젓갈은 이미 완성된 음식이지만 잘게 자른 파와 고추, 그리고 참기름으로 양념을 하면 더 맛이 있다. 무생채는 질 좋고 매운 고춧가루로 빨갛게 무치고, 그리고 밥. 꼭 흰쌀밥이 있어야지. 두 비건지향인이 먹을 고기 상이 얼추 준비되었다. 나는 오고 있는 이끼에게 당부했다.

오늘은 뭘 할 수 있고 그딴 소리는 하지 말고 우는소리만 하자.

우는소리만 하자. 됴아됴아.

만나서 우울하자는 이 계획이 멋져서 덜 우울할 위기에 봉착했어.

따뜻한 고기 한 점을 장에 찍어 입에 넣자마자 이끼의 두 눈이 배로 커졌다. 맛있는 걸 먹는 사람의 입은 처음엔 느리게 움직이다가 어느 순간 아주 빠르게 오물거린다. 맛있지요? 하고 묻고 싶은 것을 꾹 참았다. 자랑스럽기까지 하면 안 될 것 같았다. 그래도 자랑스러웠다. 그 표정이 꼭 보고 싶었기 때문이다.

내가 실은 고기 요리를 꽤 잘했다는 사실이 좀 아쉬울 때가 있다. 오랜 시간에 걸쳐 반복 훈련을 해서 얻게 된 좋은 솜씨지만, 아무래도 미래에는 사라져야 할 기술이라고 생각한다. 숱한 레시피를 검색하며 다종의 고깃덩어리를 굽고 찌고 삶고 튀겨보는 것이 중요한 취미였던 때가 있다. 부모의 유산인 레시피도 있었고 스스로 개척한 레시피도 있었다. 이래저래 요리한 고기를 식탁에 두고 참으로 많은 손님들과 유대감을 쌓았다. 요리하는 손이 빨라질수록 사람과 사람 사이에서 써야 하는 도구와 재료에 대한 감각도 함께 무르익었다. 유창하게 할 수 있는 음식의 지도가 점점 커지고 사세해졌다. 누군가와 음식을 나눌 때마다 삶은 전보다 풍성하고 다채로워졌다. 다른 몸에 갚지 못할 수준의 빚을 지면서.

누구와 언제, 어디서, 무얼 먹었는지는 우리가 그를 떠올리고 느끼는 방식에 결정적인 영향을 준다. 유년 시절이라면 이 영향력은 거의 절대적이라고 말해도 좋다. 고기가 지천인 세상에서 살아왔으므로, 어떤 계절과 기분에든 그에 맞추어 생각나는 고기 요리가 있다. 아마 당신은 사랑하는 사람과 그걸 같이 먹었을 것이다. 당신이 나중에 비건지향인이 되었다고 해도, 그 음식은 영영 당신이 원하는 만큼 끔찍하게 감각될 수는 없을 것이다. 좋은 기억이니까. 심지어 어린 시절의 좋은 기억이니까. 어떤 음식에 애정을 가졌는지로 한 사람의 도덕성을 판단하는 것도 이상한 일이다.

물론 음식의 맛은 상황과 분위기에 크게 좌우되기 때문에, 고기가 '실제로' 맛있다는 것은 착각일 뿐이라는 주장으로 우리는 나아갈 수 있다. 고기가 맛있었던 게 아니고, 그냥 좋은 추억이었을 뿐이다. 새롭게 미각을 훈련하면서 우리는 얼마든지 다른 음식을 사랑하게 될 수 있다.

그러나 고기 맛이 실제로는 별거 없다고 해도, 추억의 강력함 앞에서만은 약간 전의를 상실하게 된다. 착취를 바탕으로 노련해진 일을 처음부터 다시 배우고, 폭력을 매개로 능숙해진 관계를 새로 쓰려면, 우리는 비건 음식에 대체 얼마나 진하고 맛 좋은 추억을 묻혀야 한단 말인가?

"유년기와 맞짱 뜨려면 굉장해야 할 듯."

이것은 같은 질문에 대한 유리의 명대답이다.

의외로 희망은 사회적으로 '미숙한' 사람들에게 있을지도 모른다. 여태까지는 밥을 혼자 먹은 사람들. 뒤늦게 자신이 속할 사회를 찾아낸 사람들. 나의 매력과 노력에 상응하는 애정을 처음 돌려받아보고, 이제 막 관계를 향한 허기를 면한 사람들. 남에게 줄 마음을 갓 꾸며보기 시작한 사랑의 초보들. 추억이 없으므로, 추억 속 고기 요리도 없는 사람들. 두 번째 유년기가 주어진 사람들. 이 두 번째 유년의 식탁에서 우리는 고기 말고 다른 음식에 강렬한 향수를 지니게 된다. 애틋한 고사리와 애증의 무, 밤마다 생각나는 감자에 관한 이야기가 널리 퍼진다. 마음이 약해질 때마다 고기 생각이 간절한 어른으로 자라지 않는다.

• •

유리의 말 때문인지, 엄살원을 준비할 때마다 누

군가의 '엄마 밥'과 맞짱 뜨는 심정으로 음식을 한다.

2021년에는 가난하고 지친 와중에 비거니즘까지 실천해보려는 여자들을 집에 데려와서 밥을 해줘야겠다고 생각했다. 그게 엄살원의 시작이었다. 우울하고 무력해도 비거니즘이라는 신념만큼은 지키고 싶은 여자들에게 누가 비건 만찬을 해주면 좋지 않을까. 우리 집까지 올 힘이 없다면 내가 그들의 집으로 가자. 가는 김에 원죄가 될 만큼 오래 방치한 설거지도 함께 해치우고, 냉장고 정리나 청소도 좀 도우면 좋을 것이다. 거기까진 너무 실례가 될까? 그래서 더 좋을지도 모른다. 무엇보다 누군가 내게 그래준다면 살 수 있을 것 같은 기분이 들었다.

비건지향인으로 산 지 2년이 되어가던 시점이었다. 직접 해보니까 다들 밥은 먹고 다니는지가 간절하게 궁금했다. 나로서는 혼자 하기가 거의 불가능한 실천이라는 생각이 들었다. 자해성 짙은 폭식과 거식을 반복하고, 뭐 먹었냐는 인사에 눈물이 그렁그렁해지는 여자들의 이야기가 조심스럽게 들려왔다. 실천적인 차원에서 비거니즘을 어떤 부정 명령문의 집합과 동일하게 여기지 않기란 어렵다. 그렇게 비거니즘은 죄책감과 수치심만을 동력으로 하는 정치가 되기 쉽다. 심지어 그 부정 명령문은 육식을 전보다 더 유혹적으로 만들기도 한다. 세상의 단맛 중에서도 죄와 금기의 맛이 으뜸으로 달기 때문이다.

비거니즘을 부정 명령문이 아닌 방식으로 경험해야 한다. 나쁜 것을 함께 먹지 않을 때의 도덕적 고양감보다 더 강력하고 지속성이 있는 감정, 좋은 것을 함께 먹을 때의 감각적이고 말초적인 행복. 그런 감정을 누군가에게 주어야 한다. 공장식 축산을 끝장내는 일은 결코 혼자서 할 수 없다. 하지만 이미 밥을 먹었어도 또 생각날 만큼 맛 좋았던 밥의 기억을 누군가에게 선물하는 일은 해볼 만하다는 생각이 들었다. 아이러니하게도 엄살원은 내가 그간 굽고 찌고 삶고 튀긴 몸들에 전적으로 빚을 지고 있는 기획이다. 그때 부엌일을 하는 요령과 속도를 탄탄하게 다지지 않았다면 할 수가 없는 일이었다.

그러나 정작 엄살원에 손님들을 초대해서 밥을 해주고 그들을 인터뷰하게 되었을 때, 나는 이게 손님들이 손해 보는 장사라는 생각 때문에 금방 괴로워졌다. 모든 손님들의 이야기가 제대로 된 인터뷰비를 지불한다고 해도 모자랄 만큼 생생하고 특별했다. 어떤 밥이 이 이야기의 값을 치를 수 있을 만큼 맛있을까? 손님들을 돌려보내고 나면 마음이 한없이 허름해졌다. 고요해진 주방에서 담배를 피우면서,

내가 오늘의 음식에 녹여내려 했던 유머나 비밀을 알아채고 즐거워한 손님들의 얼굴, 무엇보다 맛있어 하던 얼굴을 기억하려고 애써 노력하지 않으면 진정되지 않는 불안이었다. 한국 사람한테 밥을 해준다는 게 얼마나 큰 사랑인데요, 엄살원 식구들과 손님들이 그렇게 북돋워주지 않았다면 나는 금방 이 기획을 포기했을 것이다.

살림만큼 혼자서는 긍지를 가지기 어려운 일도 드물다. 이것 봐, 깨끗하지? 저것 봐, 감쪽같지? 어때, 맛있지? 그런 말을 누구에게 해보는 재미라도 없으면 살림은 참 지루한 일이다. 발표도 하고 남들의 인정도 받을 수 있는 창작의 과정, 그 재미난 일을 하는 동안에 집에는 쓰레기와 설거지 거리가 쌓인다. 말과 글에 질서를 부여하는 동안 집은 무질서가 장악한다. 살림은 그 무질서를 질서로 되돌리는 일이다. 엔트로피를 증가시키는 일이 아니라 엔트로피를 감소시키는 일. 흔적을 없애는 일이므로 보람도 누리기 어려운 일.

그래서 나는 가장 힘이 없을 때마다 긴급하게 손님들을 불렀다. 남을 먹여야 한다고 생각하면 어디서 없던 힘이 났다. 잘 보이고 싶으니까. 청소도 잘하고 밥도 잘하게 됐다. 먹는 것만 봐도 배가 부르다는 말은 수사적인 표현이 아니다. 그건 돌봄의 성질을 간파한 누군가가 퍼뜨린 관계의 진실이다. 아마 스스로를 위해서는 좀처럼 밥을 해 먹지 않는 사람이 한 말일 것이다.

가장 최종적인 형태의 돌봄, 최고 난도의 돌봄은 '돌봄 받기'다. 누군가가 돌봐주지 않아서 망가지는 사람도 있지만, 누군가를 돌볼 수 없어서 망가지는 사람도 있다. 적어도 내게 둘은 같은 의미다. 이 커다란 세상에서 사라지지 않기 위해서, 누군가에게는 꼭 제공하고 말아야겠다는 쓸모, 그 쓸모를 받아준 여자들 덕에 나는 살았다. 무력한 손가락으로 안친 밥, 수치심의 연기로 볶은 채소, 우울의 국자로 저은 수프, 그런 음식을 바닥까지 싹싹 긁어 먹어주는 여자들. 짜다 달다 한마디 불평도 없이 맛있다고, 이제 좀 살 것 같다고 하는 여자들. 그들이 밥 먹어준 덕에 내가 배부를 수 있었다.

• •

어느 밤 반가운 전화가 왔다. 한때는 가까운 이웃이었고, 무늬의 사진 이모이자, 애틋한 친구인 유리로부터의 전화였다. 전혀 힘이 안 나지만 내가 보고 싶다고 했다. 혜화에서 행사를 마치고 퇴근 중이던 유리는 한참을 고민하다가 우리 집으로 발걸음을 돌렸다. 잠시 후 현관으로 눈이 맑고 입술이 붉지만 늘 상 위협에 시달리는 소동물같이 어깨가 굳은 미인이 들어왔다. 도착하는 데만도 힘을 다 써버린 유리는 곧장 소파로 가서 담요처럼 늘어졌다. 그러더니 힘없이 말했다. 와…… 안담이다……. 그 파리한 얼굴을 보고 있자니 쟤한테 무와 새우와 명란으로 만드는 탕국을 만들어 먹이면 얼마나 좋을까 하는 생각이 들었다. 외할머니에게서 계향에게로, 계향에게서 내게로 전해진 귀한 레시피인데.

문득 유리가 쓴 글의 한 구절이 떠올랐다. 임신 중절 수술을 하고 온 비건지향인 친구에게 시장에서 구할 수 있는 것 중에서 가장 비싼 꼬막 무침을 사 보냈다는 글이었다. 그 글은 이렇게 끝난다. "남을 죽여서라도 네 몸에 보태고 싶은 심정, 그렇게나 편협한 폭력이 그 순간 내가 네게 주고 싶은 사랑이라고 간절히 느꼈기 때문이다."• 내가 하고 싶은 말이 이 안

• 이 글이 수록된 책이 출간 예정이었으나, 여러 사정으로 미발표 원고로 남았다. 이 글을 책에서 다시 만나길 기다린다.

에 다 있다. 내가 너를 사랑한다면 나는 그를 죽일 수도 있다. 내가 그를 사랑한다면 나는 너를 죽일 수도 있다. 사랑은 약속을 어기고 싶게 하는 힘이다. 그러므로 나는 더 이상 사랑으로는 비건을 하지 말아야겠다고 다짐한다. 너를 위해서도 그를 위해서도, 사랑보다는 더 나은 방법을 찾아야겠다고. 어떤 사랑 예찬론자들은 드디어 내가 사랑을 제대로 하기 시작했다고 말할지도 모르겠지만.

이 글은 글방이 어떤 공간인지를 설명하려는 글인데, 내 소망으로는 이 글을 2031년 4월 14일에 쓰고 있는 거라면 좋겠다. 그날은 내가 운영하는 글쓰기 모임인 무늬글방이 첫 수업을 한 지 꼭 10년째 되는 날이다. 내가 그 정도의 지구력을 가지고 있는 사람인지 자신할 수는 없지만, 그럼에도 무늬글방을 10년이나 유지하는 데 성공한다면 그날에는 수업을 하는 대신 조촐한 파티나 토크쇼를 열고 싶다. 지난 10년간 무늬글방을 거쳐간 글방지기들과 작가들을 모아 밥도 먹이고 술도 먹이면서 "당신에게 무늬글방이란?" 이런 낯 뜨거운 질문을 해본다. 감격스럽기도 아찔하기도 한 답변이 오간다. 한참 있다 누군가 내게도 묻는다. 담도 말해봐요. 담에게 무늬글방이란? 나는 짐짓 과하게 복잡한 표정을 지으며 아, 참으로 많은 일이 있었죠, 그렇게 운을 뗀다. 사람들 사이에서 공감과 위로의 웃음이 터진다.

많은 일이 있었다. 그런 말은 3년 차가 하면 걱정스럽고 좀스럽게 들린다. 이 말을 듣는 누군가는 자기를 욕하는가 싶어 긴장할지도 모른다. 반면 10년 차가 하면 여유롭고 깊이 있게 들린다. 그만큼 했으면 기쁜 일도 나쁜 일도 고루 겪었겠거니 받아들인다. 한 가지 일을 10년쯤 한 이후에 누릴 수 있는 작은 기쁨이 있다면 내 일을 마냥 좋게 말하지 않아도 사람들이 이해해준다는 게 아닐까? 많은 일이 있었다는 말은 청자의 그런 관대함에 기대어서만 누구나 편안하게 즐기는 농담이 될 테다. 애석하게도 나는 올해로 3년 차 글방지기다. 많은 일이 있었다고 말하기엔 7년이 이르다. 내공이 부족한 사람일수록 보다 구구절절하게 말해야 하는 입장에 선다. 그러므로 이렇게 설명해보자.

2021년 4월 14일 수요일, 무늬글방 첫 수업을 앞두고 나는 〈우리의 약속〉이란 짧은 글을 썼다. 두려움과 기대감으로 심장이 터질 것 같은 새벽이었다. 글방의 시스템은 간단하다. 참여자들은 한 주에 한 편씩 글감에 맞는 글을 써 온다. 그 글들을 나눠 읽고 합평한다. 글쓰기와 합평에 익숙하지 않은 사람들을 위해 글방지기가 적극적으로 글감을 주고 합평을 이끌고 글쓰기 요령을 안내한다는 점이 일반적인 합평 모임과 조금 다르다. 그러나 이 간단한 행위의 반복 속에 복잡한 황홀과 좌절이 쌓인다. 그 점이 글방을 매력적으로 만든다. 곧 작가들이 온다. 그들의 글도 온다. 자기가 아는 아름다움과 고통을 다른 사람에게도 알게 해주고픈 욕심이 여기 모인다. 그걸 몽땅 받아내고 말을 되돌려주어야 한다. 누군가에겐 평생의 용기가 필요한 글이었을 테고, 그 용기를 존중하기 위해서라도 솔직하게 말해야 한다. 재밌었으면 재밌었다고, 재미없으면 재미없었다고 말하고 그 이유를 설득해야 한다. 그 말을 듣는 작가의 마음은 천국도 갔다가 지옥도 갈 테다. 누군가는 하루 만에 떠날 테고, 누군가는 아주 오랫동안 글을 쓸 수 없을 테다. 그건 10년 전 정확히 내게도 일어났던 일이었다. 그럼에도 그 위험천만한 일을 주도하겠다고 나섰다니 믿을 수가 없었다. 그래서 나는 처음 글방에 온 사람들이, 아니 누구보다 내가 의지할 수 있을 만한 글방의 규칙들을 하나씩 생각해보았다. 그리고 그 규칙을 공유하고 다 같이 낭독했다.

우리의 약속

하나. 나는 당신을 당신이 정한 이름으로 부르겠습니다.
하나. 나는 글 너머의 당신을 함부로 추측하지 않겠습니다.
하나. 나는 당신을 성별, 장애, 나이, 언어, 국가, 민족,

인종, 국적, 피부색, 지역, 외모, 종교, 사상, 임신 및 출산, 정치적 의견, 성적지향, 성별정체성, 학력, 직업, 병, 사회적 신분 등을 근거로 차별하지 않겠습니다.•

하나. 나는 쓰이지 말아야 하는 문장은 없다고 전제하겠습니다.

하나. 나는 공정하고 정성스럽게 당신의 글을 읽겠습니다.

하나. 나는 당신을 동정하지도, 두려워하지도, 편애하지도 않으면서 당신의 글에 대해 말하겠습니다.

하나. 나는 마감을 지키겠습니다.

둘. 그러나 쉽게 지킬 수 있는 것은 약속으로 적지 않는바, 나는 당신의 노력을 이해하고 당신에

• 이 범주들은 차별금지법제정연대의 〈만인선언문〉으로부터 영감을 얻었다. 전문은 다음과 같다.
모든 사람은 존엄하며 자유롭고 평등하다. 우리는 성별, 장애, 나이, 언어, 출신국가, 출신민족, 인종, 국적, 피부색, 출신지역, 외모, 혼인여부, 임신 또는 출산, 가족형태, 종교, 사상 또는 정치적 의견, 전과, 성적지향, 성별정체성, 학력, 고용형태, 병력 또는 건강상태, 사회적 신분 등을 이유로 차별받지 않는다. 모두의 존엄과 평등을 위해 우리는 요구한다. 차별금지법 제정하라.

다행히 〈우리의 약속〉은 좋은 평을 받았다. 어떤 사람은 SNS에 이 글을 찍어 올리며 이런 약속이 있는 공간에서 글을 배울 수 있어서 기쁘다고 말했다. 이 규칙들을 자신의 모임에도 적용하고 싶다며 인용 허락을 구하는 문의도 받았다. 글방을 다정하고 안전한 공간으로 소개하는 고마운 글들도 볼 수 있었다. 나는 이 약속들이 수영장에 있는 안전 수칙과 비슷하다고 생각했다. 즐거운 물놀이를 하려면 입수 전 적절한 준비운동을 하고, 50분마다 한 번씩은 물 밖으로 나와 쉬어주어야 한다. 물은 매력적인 동시에 위험하다. 그렇다고 해서 물이 주는 기쁨을 완전히 포기할 필요는 없다. 물에 빠지지는 않으면서도 물속에 머무를 수 있는 방법을 마련하면 된다. 글쓰기도 마찬가지다.

〈우리의 약속〉을 나는 무늬글방 온라인 카페의 대표 이미지로 설정해두었다. 누구든 카페에 들어오면 제일 먼저 이 글을 읽을 수 있도록 말이다. 우리의 약속은 제 역할을 톡톡히 해냈다. 합평을 하다가 홍이 오르면 이 사람은 나랑 좀 안 맞는 스타일인 것 같다든가, 이 작가는 MBTI가 INFP일 것 같다든가, 글은 성숙한데 얼굴이 너무 앳돼서 놀랐단 식으로 글 바깥의 작가에 대한 인상평을 덧붙이는 사람이 많다. 미지의 동료를 향한 호기심에서 비롯한 말이지만, 글방지기로서는 그런 말이 불필요함을 짚고 넘어가야 할 필요를 느낀다. 그런데 내가 나서기 전에 발화자가 먼저 "참, 글 너머의 당신을 함부로 추측하지 않기로 했는데 죄송합니다" 하는 식으로 사과할 때도 있다. 내 고민이 담긴 문장들을 활용해 자신의 언어를 더 낫게 수리하는 사람들을 보며 소소한 보람을 느꼈다.

그런데 글방을 운영해가면서 나는 〈우리의 약속〉에서 하나둘 아쉬운 점을 발견했다. 내가 적은 약속인 만큼 누구보다 빈번히 이 약속을 의심해온 탓이다. 우선은 문장이 담백하지 못하다는 점이 아쉽고, 보다 포괄적인 상위의 규칙을 찾아 간결하게 줄였으면 하는 마음도 있다. 토씨 하나도 바꾸고 싶지 않은 문장은 딱 하나뿐이다. 나는 당신의 노력을 이해하고 당신에게 너그럽겠습니다. 무엇보다 〈우리의 약속〉이 글방의 '안전함'을 보장하는 글처럼 읽힐 수 있다는 점이 지속적으로 마음에 걸린다. 글을 쓰고 나누는 일의 위험, 자아에 충격을 받고 타인을 미워하게 될 위험이 간과되지 말아야 한다고 생각하기 때문이다. 또한 수업에 앞서 이런 약속을 공유하는 일이 타인과의 좋은 관계는 어떤 앎을 미리 갖추는 데 달려 있다는 인식을 강화할까 우려스럽다. 그런 인식은 타인과 실제로 만나는 일을 끝없이 보류하게 만든다. 너와 내가 만나기 전에 무엇을 알았느냐는 너와 내가 만난 후에 무지를 마주하는 일에 비하면 훨씬 덜 중요하다.

그래서 규칙을 만드는 게 무의미하다거나, 창작물을 공유하고 서로의 비평가가 되어주는 사이에서 일어나는 갈등은 어쩔 수 없는 일이니 방치해도 좋다는 말로 들리지 않았으면 좋겠다. 나는 오히려 아무도 상처 입지 않는 공동체가 가능하다는 기대가 미숙한 타인을 향한 폄하와 멸시로, 지금 여기에 주어진 공동체를 변화시킬 책임을 포기하는 결과로 이어지는 현상을 경계하는 것이다. 아무리 좋은 규칙 위에 수립된 공간이라 할지라도, 타인과의 부대낌을 견디는 비위와 면역력이 필요하지 않은 곳은 없다. 우주적 관점에서 우리는 서로를 이해하지 않으면 제명에 살 수 없는 동그란 방에 갇혀 있다. 그러니 글방은 창작자에게 '안전한' 공간이 아니다. 글방은 '위험한' 공간이다. 적을 만날 위험, 오래된 병이 돌아올 위험, 수치스러울 위험, 실패할 위험, 자기혐오와 자기 연민에 사로잡힐 위험, 질투로 고생할 위험, 글 너머의 사람을 연모할 위험, 내 것을 빼앗길 위험, 우습게 여겨질 위험, 아무에게도 이해받지 못할 거라는 두려움에 갇힐 위험, 누군가는 나를 이해할 거라는 희망에 시달릴 위험. 글방은 그 모든 위험을 차단할 수 없거나 차단하지 않으며, 다만 그 위험들로부터도, 그 결과로부터도 도망치지 않는다. 우리가 서로를 못 견뎌한다는 사실, 우리가 서로를 상처 입혔다는 사실을 떠나 깨끗한 곳에서 새로 시작하지 않는다. 우리는 오래되고 얼룩진 바로 거기에 머문다.

노파심에 부연하건대, 나는 지금 글방이 더 매력적인 공간으로 들리게 하려는 목적으로 위험이라는 단어를 취하려는 게 아니다. 위험이라는 단어가 풍기는 섹시한 분위기만을 걷어내 쓰다가, 결정적인 순간에는 깜짝 놀라며 글방이 그런 공간은 아니라고 발을 빼려는 게 아니다. 대체로 친절하고 상냥한 사람들 사이에서 벌어지는 작은 오해와 화해 정도가 글방에서 벌어지는 갈등의 한계였다면 그냥 재밌는 공간이라고 표현하면 될 일이다. 고독한 호색한이 주인공으로 등장하는 영화에서 주변 인물들이 얼빠진 미소를 지으며 "그 남자, 정말 위험한 남자야"라고 말할 때를 생각해보자. 위험의 그런 낭만적 용례는 내 의도와는 거리가 멀다. 내가 염두에 두고 있는 건 차라리 투박하고 공격적인 개 조심 사인이다. 합평은 때로 물고 물리는 일이다. 과격한 언사가 오간다는 뜻이 아니라, 서로의 글에 대해 더 정확하게 말하기 위해 노력하고 실패하는 과정 속에서 부상을 피할 수 없다는 뜻이다. 글의 급소를 찾아 헤매는 입들이 벌어졌다 닫힌다. 아직 자신의 무는 힘을 통제할 수 없는 어린 개들과 같이 작가들은 연습한다. 그 과정에서 생긴 어떤 상처는 씻은 듯 사라지지만 어떤 상처는 도무지 당장 아름답다고 하기는 어려운 흉으로 남는다. 무늬글방의 '무늬'는 헤나처럼 표피를 염색했다가 떨어져나가는 그림이 아니라, 타투처럼 진피에 새겨지는 그림을 겨냥하여 선택한 표현이다. 언젠가 지우고 싶을 수도 있다. 지우면 지운 대로의 흔적도 또한 남을 것이다. 그걸 내 무늬라고 부를 수 있게 되기까지는 긴 시간이 걸릴 것이다.

내가 처음, 그리고 가장 오래 글을 배웠던 어딘글방에서는 걸출한 작가들이 탄생했고 그들도 나중에 자기만의 글방을 열었다. 그 글방들은 서로 다른 개성과 문화를 지니고 있지만, 내가 알기로 작가는 변명하지 않는다는 규칙, 합평 시간에 작가는 침묵해야 한다는 규칙만큼은 모든 글방이 동일하게 채택하고 있다. 이건 합평에서 가장 중요한 규칙이기도 하다. 작가가 글을 말로써 변호할 여지를 허용하는 건 독자에게도 작가에게도 좋은 일이 아니다. 우선 독자는 작가의 눈치를 보느라 최초의 감상과 평가를 바꾸거나 숨기기 쉽다. 그러면 작가는 글이 독자들에게 어떻게 보이는지, 흥미로운 부분과 이해가 가지 않는 부분이 어딘지, 어떤 오독의 가능성이 있고 그걸 어떻게 이용하거나 고쳐야 하는지에 대한 미더운 단서를 얻을 수 없게 된다. 그리고 사람들은 말로 해소한 이야기는 좀처럼 글로 쓰지 않기 때문에 다음 글을 창조할 압력도 사라져버린다. 마지막으로 변명은 멋이 없고 지루하다. 유려한 언어로 하더라도 예외 없이 볼썽사납다. 그러므로 이 엄정한 규칙은 흑역사 생성을 원천 차단하는 사려 깊은 규칙이라고 할 수도 있다.

작가의 침묵이라는 규칙은 자주 원망당한다. 이 규칙이 어딘글방과 그 영향을 받은 글방들에서 특이하게 통용된다고 생각할 수도 있지만 결코 그렇지 않다. 어슐러 르 귄의 《르 귄, 항해하는 글쓰기》에는 합평회를 열고 싶은 사람들에게 주는 가이드라인이 수록되어 있는데, 거기서 르 귄은 이렇게 단언한다.

> '침묵 규칙'이 독단적으로 보일 수 있다. 하지만 그렇지 않다. 작가의 침묵은 합평 과정에서 필수적인 요소다. (때로는 그것만이 유일한 필수요소라고 생각한다.)•

이 침묵의 시간은 글방에서 가장 고통스럽고 외로운 시간이다. 글을 쓴 사람은 딱 한 사람이고, 그 글에 대해 논평하는 사람은 여러 사람이므로 상당한 맷집을 요구한다. 모두에게 이런 훈련이 반드시 유용한 것도 아니다. 어슐러 르 귄 또한 합평을 들으며 도저히 침묵할 수가 없다면 그건 잘못이 아니라 체질이나 시기의 문제이며, 이것은 합평회에 참여하려면 반드시 지켜야 하는 규칙일 뿐, 고독 속에서 더 잘 창작할 수 있는 예술가라면 얼마든지 그렇게 해도 "괜찮다"고 말한다.••

때로 작가는 사람들의 말이 잔인하고 폭력적이라고 느낀다. 당연하지만 합평 시간에는 정교하고 숙련된 말만 나오는 게 아니다. 의도가 좋더라도 설익

• 어슐러 K. 르 귄, 김보은 옮김, 《르 귄, 항해하는 글쓰기》, 비아북, 2024, 213쪽.

•• 같은 책, 214쪽.

은, 무심한, 몰지각한, 불충분한, 불쾌한 말들도 나온다. 그런 말도 비평으로 존중해야 하는지 억울할 수도 있다. 일반적인 대화였다면 모욕으로 여기고 자리를 뜨거나 문제 제기를 했을 테니까. 반대로 독자는 자신이 결코 동의할 수 없는, 게으르고 시대착오적이라고 느끼는 글에도 모양 갖춘 비평을 주어야 함에 분노할 수도 있다.

그럼에도 당신은 경멸스러운 인간입니다라고 말하고픈 충동을 참아낸다는 것, 대신 이 글은 구린 글입니다라고 말한다는 것은 다음 글은 다를 수 있다는 가정 위에서만 가능하다. 당신이 아니라 당신의 글이 어떻다고 말할 때에만 얻게 되는 믿음이 있다. 그건 당신이 다르게 쓸 수 있다는 믿음이다. 하나의 믿음을 최고의 친구부터 최악의 적에게까지 평등하게 적용해보는 경험. 그런 경험은 나와 동질적인 사람으로만 구성된 안전한 공동체에서는 불가능하다. 나와 이질적인 타인은 지긋지긋한 존재다. 나도 타인에게 지긋지긋한 존재다. 그럼에도 너와 나는 드물게 같은 믿음을 공유할 수 있고 더 나은 변화가 무엇인지를 합의할 수 있다. 그게 고작 글 한 편의 변화라 하더라도. 우리가 이미 아름다웠다면, 우리가 이미 서로에게 동의했다면, 우리가 이미 서로를 좋아했다면, 그 변화가 이렇게까지 사랑스럽지는 않았으리라.

내가 아주 좋아하는 이야기가 있다. 마거릿 애트우드가 왜 글을 쓰는가에 대한 작가들의 대답을 모아 목록을 작성했던 이야기다. 작가들의 대답은 천차만별이었고, 그 목록은 너무 길어져 글쓰기에 관한 어떤 본질적인 사실도 알려줄 수 없는 자료가 되었다. 그래서 마거릿 애트우드는 왜 쓰는가 대신 글을 쓴다는 게 어떤 느낌인지를 묻기 시작했다. 그랬더니 모두가 미로, 터널, 동굴, 호수, 바다, 극장, 어두운 방처럼, 어떤 식으로든 어둠 속에서 무언가를 찾으려 더듬더듬 나아가는 이미지를 빌려 글 쓰는 기분을 묘사하더라는 것이다. 마거릿 애트우드는 "40년 전 한 의대생이 인체 내부를 가리키며 했던 말"을 떠올린다. "그 속은 깜깜해요."•

이것은 내가 찾아 헤매던 글방의 이미지와도 같다. 한 무리의 사람들이 괴물과 복병이 도사리는, 암석과 낭떠러지를 은폐하는 어둠 속으로 자발적으로

• 마거릿 애트우드, 박설영 옮김, 《글쓰기에 대하여》, 프시케의숲, 2021, 125쪽.

걸어 들어간다. 도대체 왜? 그곳에는 나를 두렵게 하는 존재도 있지만 나를 매혹하는 존재도 있기 때문에. 심지어 그들은 한몸이기 때문에. 이 위험한 길의 끝에서 아주 귀한 무엇을 손에 쥐어볼 수도 있을 거라는 기대 때문에. 그래서 우리는 으슥한 곳에서 만난다.

내게는 제대로 된 이름도 모르면서 '아침에 함께 눈을 뜨는 사이'•인 사람이 열댓 명 정도 있다. 아침에 문란한 편?이라고 물을 수도 있겠지만, 그건 전혀 쟁점이 다른 질문이니까 다음 기회에 대답하도록 하자. 이 열댓 명의 사람들은 무늬글방에서 내가 진행하고 있는 무료 프로그램 〈눈뜨기 연습〉의 참여자들이다.

눈뜨기 연습을 위해 나는 월, 화, 수, 목 아침 6시 30분에 일어난다. 얼굴을 깔고 앉은 것 같은 잠을 이겨내려고 노력하면서 사람들에게 눈뜨기 연습 시간이 돌아왔다는 메일을 쓴다. 호스트로서 내가 가장 신경 써서 하는 일은 좋은 음악을 트는 것이다. 조금 기다리면 7시를 전후로 잠에서 막 깬 사람들이 온라인 회의실에 들어와 인사한다. 부은 얼굴이나 헝클어진 머리를 조금도 매만지지 못한 채로, 우리는 만나자마자 20분에서 30분쯤 요가를 하거나 요가를 하는 데 실패하는 시간을 보낸다. 요가가

• 눈뜨기 연습의 한 참가자가 썼던 표현이다.

끝나면 따뜻한 차를 끓여 마시고 설거지 같은 간단한 집안일을 한다. 그다음에는 책을 읽고, 그다음에는 글을 쓰거나 다른 작업을 한다. 이 루틴을 따르지 않는 사람도 많다. 8시 30분쯤 참여해 책 필사를 하다가 나가는 사람도 있고, 시리얼을 먹고 세수와 양치를 하며 출근 준비를 하는 사람도 있다. 일기만 쓰고 가는 사람도 있다. 눈을 떴다는 인사만 겨우 하고 침대로 돌아가는 사람도 있다.

눈뜨기 연습실에서 가장 핫한 장소는 단연 연습 일지 페이지라고 할 수 있다. 일지를 쓰는 게 의무가 아닌데도 한 달이 좀 못 되는 시간 동안 참여자들이 작성한 연습 일지는 A4 용지로 70페이지를 넘어간다. 해 뜨는 순간을 찍은 사진이 올라오기도 하고, 오늘은 늦게 일어나버렸다며 내일을 기약하는 다짐도 적힌다. 번호를 달아 자신의 루틴을 공유하는 사람도 있고, 오늘 아침의 기분이 어떤지 일기처럼 적는 사람도 있다. 어떤 이는 아침에 할 수 있는 일이 이렇게나 많았다니 뿌듯하다고 말한다. 그런가 하면 어떤 이는 몸이 너무 아프다고, 연습실에 오는 것만으로 하루 치 에너지를 다 소진했다고 말한다. 어느 쪽이든 참 잘하셨다는 인사를 받게 된다. 그럼 잘한다는 게 뭐지? 눈을 떠서 오전부터 많은 일을 하는 게 잘하는 건가? 눈을 떴다가 다시 자는 것도 잘하는 건데도? 둘 다 잘한 일일 수는 없는 세계에서만 기분이 나아지는 사람도 분명 있을 테다. 그러나 눈뜨기를 지속하고 있는 사람이 눈을 떴다 다시 감는 사람에 비해서 월등하다는 룰이 이곳에는 없다. 그 점이 눈뜨기 연습의 고유하고 신기한 지점이다. 오지 않은 것도 잘한 일이라고 하는 공간에, 굳이 사람들이 온다. 눈을 뜨러 온다. 눈만 뜨러도 온다.

눈뜨기 연습의 신청자가 백여 명을 돌파할 시점에도, 나는 온라인 회의실이 먹통이 되거나 할까 봐 긴장하지 않았다. 이 모임이 무료였기 때문이다. 어떤 모임이 무료인데도 불구하고 나타나기로 약속한 사람의 3분의 1이 넘게 나타났다면, 그 모임은 대박을 친 것이다.

> 눈뜨기 연습에는 따로 참여비가 없습니다. 돈을 내지 않은 모임에는 보통 가지 않게 되기 마련입니다. 매일 참여하지 못해도 괜찮고, 늦게 들어오셔도 괜찮습니다. 다만 의지와 의리를 가지고 함께 해주시겠어요?

처음 눈뜨기 연습의 신청서를 만들면서 나는 이런 문구를 썼다. 못 와도 괜찮다, 늦어도 괜찮다, 다 '괜찮다'고 말할 때부터 낯이 간지러웠는데, '의지'라는 말을 이어 적던 순간에는 망연자실해졌다. '괜찮다'와 '의지'가 치가 떨리게 진부한 위로 및 응원의 카피들에 자주 등장한다는 점이야 슬몃 잊어본다고 하더라도("못해도 괜찮습니다", "하겠다는 의지가 중요합니다!"), 아침을 혼자 보낼 의지가 박약하야 바로 이런 모임을 기획하고 있는 사람이 할 말로는 너무 기만적인 게 아닌가. 잠시 고민하다가, '의지' 뒤에 '의리'를 더해 적고 나서야 마음이 한결 가벼워졌다. 의지가 우리 각자의 내면에서 운 좋게 피어난다면, 의리는 우리가 서로의 얼굴을 외면하지 못할 때 생겨난다. 난 의리가 좋다. 6년 전 관악구의 한 양꼬치 집에서 진한 벗들과 함께 지삼선과 온면과 컵술을 마시던 어느 날, 한 친구가 이렇게 말했던 게 기억난다. 난 윤리보다는 의리야. 의리는 그 순간부터 내가 가장 좋아하는 단어 목록의 상단에 들어가게 되었다.

의리라는 단어에 기대어, 나는 눈뜨기 연습을 미라클 모닝과는 다른 무언가라고 주장하고 싶다. 미라클 모닝에서 눈뜨기는 시작점이다. 그러나 눈뜨기 연습에서는 종착점이다. 눈뜨기 연습의 목표는 그저 눈을 뜨는 것이다. 어제는 눈 뜨고 있었는데 오늘 눈 감지 않는 것, 그것이 눈뜨기 연습이 지향하는 바다. 또, 눈뜨기 연습은 연습이다. 연습이니까 또 해도 된다. 반복할 수 있는 기회가 내일도 주어지며, 그 내일이 와도 눈뜨기 결과 같은 것은 보지 않아도 된다. 언제나 연습 중이므로 언제나 잘하지 못해도 된다. 마지막으로, 미라클 모닝은 홀로 남보다 앞서나갈 때, 독립적이고 자립적인 성장을 이루었을 때 성공한다고 말할 수 있다. 그러나 눈뜨기 연습실은 타인에게 의존하고 민폐를 끼치지 않는 데에 매일 실패하는 사람들의 공동체다. 북엔드 없이 아슬아슬하게 균형을 이룬 책들처럼, 아무도 앞서나가지 않아야 이 비몽사몽한 사람들의 대오는 겨우 유지될 수 있다.

새 아침에 누군가 다시 눈을 뜬다는 것 자체를 진정한 기적으로 여겨야 할 정도로 많은 사람이 매일같이 죽는다. 그 죽음들 사이에서 눈이 번쩍번쩍 떠지고 힘이 솟는다면 그것 또한 의심스러운 일이다. 여성, 장애인, 퀴어, 청소년, 어린이, 노인, 빈민, 홈리스, 아픈 사람, 동물에 대한 불평등과 차별이 파다한 나라에서 우리가 출근도 잘하고 승진도 잘하고 결혼도 잘하고 생애주기에 따른 단계를 착실히 밟아나갈 수 있다면 그것은 무슨 의미인가? 누군가는 철저하고 집요하게 따돌려지고 있다는 의미다. 실제로 우리는 이동하고 싶을 뿐인 장애인들이 탑승한 열차에서 비장애인들을 다 빼낸 뒤 그 열차를 차고지로 밀어 넣어버리는 따돌림이 서울시 차원에서 자행되는 것을 똑똑히 보았다. 정부란 누가 국민인가에 대한 가장 넓은 정의를 가지고 있어야 하는 기구임을 잊어버린 사람들이 이 나라를 통치하고 있다.

내가 궁금한 것은 그 열차에서 내린 사람들의 마음이다. 내리지 않을 수 있었을까? 내리지 않을 수는 없었을까? 아무도 내리지 않았다면 어떤 일이 발생했을까? 한 명도 남김없이 차고지로 가버린다면, 열차는 이번에는 어디로 움직였을까? 장애인들이 그 열차에서 내리지 않겠다고 버틴 것이 아니라, 비장애인들이 그 열차에서 달려나간 것은 아닌가? 달리지 말아야 하는 순간에 달리지 않겠다고 결정하기 위해서, 우리에게는 무엇이 필요한가?

> "지금 이 순간 텔레비전 앞에 누워 있을 사람들을 생각해보세요."

한창 자주 쓰던 러닝 애플리케이션에서 이런 응원 멘트가 흘러나오곤 했었다. 이어서 목소리는 그런 유혹에 지지 않고 달리고 있다니 정말 대단하다고 나를 북돋워주었다. 이 말이 유독 기억에 남는다. 이상하게도 나는 저 말만 들으면 달리기를 멈추게 되었기 때문이다. 그들이 왜 누워 있는지를 상상하다 보면 걸음이 느려졌다. 그들도 자신의 누워 있음을 생각하고 있을 것 같았다. 그 사람들을 떠올리면 어쩐지 그만 뛰고 싶어지거나, 뛰어서는 안 되겠다는 느낌이 들었다. 누군가 누워 있다면 그에게 가야 하는 게 아닐까 싶어서. 그의 곁에 같이 누워보아야 하는 게 아닐까 싶어서. 그러나 만약 내가 내 버전의 격려 음성을 만들 수 있다고 해도 사정은 크게 다르지 않았을 것이다. 내가 눈뜨기 연습을 해보자고 권하면서 '괜찮다'나 '의지'라는 말을 빼놓을 수 없었듯이. 다만 그를 지나쳐 달리지 않고, 그에 앞서서 달리지 않고, 그를 향해서 달리는 애플리케이션도 나오기를 바란다. 아니, 그와 함께 달리지 않기로 결정하는 애플리케이션이 나오기를 바란다.

• •

어디에서든 너무 많이, 오랫동안 인용돼서 이 시대에 인용하기는 민망한 시트콤 〈프렌즈(Friends)〉의

한 장면을 기어이 소개하고 싶다. 시트콤 〈프렌즈〉는 챈들러, 조이, 로스라는 남자 셋과 모니카, 피비, 레이철이라는 여자 셋의 징한 우정과 사랑을 담은 작품이다. 이 중 챈들러, 조이와 모니카, 레이철은 복도 하나를 사이에 두고 마주 보는 이웃이다. 챈들러와 조이의 집은 망가진 곳이 많고 구석구석 더러우며, 모니카와 레이철의 집은 잘 관리되어 있고 요소요소가 아름답다. 어느 날 모니카네는 챈들러네와 게임을 하다가 집까지 담보로 건 채로 진다. 그 좋은 집을 지저분한 남자애들에게 뺏기고 만 것이다.

그러나 모니카에게 있어 집을 빼앗기는 일보다 더 참을 수 없는 것이 있다면 바로 안주인 역할을 빼앗기는 일이다. 모니카가 매일같이 강박적으로 쓸고 닦고 매만진 집. 아름다운 보라색 벽을 가진, 모든 물건이 자신이 수립한 질서와 섭리에 따라 배치되어 있는 집. 그 집을 망나니 남자애들이 망쳐버릴 거라는 모니카의 원통함은, 의외로 그럴싸하게 그 집의 호스트 역할을 해내는 남자애들의 모습을 보면서 분노와 좌절감으로 변해간다. 친구들이 언제나 모니카네에서만 노는 게 안주인으로서 모니카의 역량 때문인 줄로만 알았는데, 그게 아니었던 건가? 분노한 모니카는 한숨도 자지 않고 바뀐 집을 꾸민다. 청소와

정리 정돈, 무엇보다 손님 접대를 향한 집착과 강박의 이력을 모두 쏟아붓는다. 마침내 모니카는 냄새나는 벌레 소굴이었던 남자애들의 집을 안락하고 아늑한 새 집으로 탄생시킨다.

다음 날, 챈들러네였던 모니카네에 초대받은 친구들은 그 집의 근사함에 깜짝 놀란다. 모니카는 피로와 자랑스러움에 잠긴 목소리로 집 구석구석을 소개한다. 손님들 앞에 갓 만든 쿠키까지 내놓는다. 그리고 소파에 눕는다. 모니카가 잠깐 눈을 붙이려 할 때, 친구들은 쿠키 접시를 들고 모니카네였던 챈들러네로 건너가려고 한다. 그러자 모니카는 친구들을 말린다.

"아니야, 아니야, 있어, 있어. 난 잠깐 눈만 붙일게……."

그러곤 잠꼬대처럼 이렇게 덧붙인다.

"언제나 내가 안주인이야……."

그렇게 잠이 든 모니카 옆에서 손님들은 다과회를 즐긴다.

〈프렌즈〉의 이 에피소드가 내게 가르쳐준 것은 세 가지다. 첫째, 나는 절대로 모니카 같은 사람이 되고 싶지 않다. 둘째, 손님이 안주인을 봐서 있어줄 때도 있다. 셋째, 친구들끼리 놀 때 낮잠을 잘 수도 있다.

얼마 전엔 눈뜨기 연습 화면을 켜놓고 진행자인 내가 잠깐 잠이 들었다. 10시에 종료 멘트를 해야 하는데, 오싹함에 눈을 뜨니 10시 3분이었다. 입가에 흐른 침을 닦으며 연습 일지를 보았다. 사람들은 이렇게 적고 있었다.

××: 담이 깜빡 잠에 드신 모양이어요……. 우리 알아서 조용히 나가면 되겠어요.
└→ㅇㅇ: 꿀잠 자는 담 님……. 덕분에 저는 된장찌개 끓이면서 노래를 더 들어요. 히히.
└→◇◇: 저도 퍼자다가 담 님 깨우는 소리에 같이 일어났네요. 모두들 좋은 하루!

나는 잠깐 눈을 붙이려고 하다가 그만 현실의 경계를 넘어버린 것 같다고, 죄송하다고 사과하고는 방을 닫았다. 그리고 화면이 꺼지자마자 긴 낮잠을 잤다.

잠에서 깨서는 〈프렌즈〉의 바로 그 에피소드를 생각했다. 첫째, 모니카가 되고 싶지 않다고 해서 안 되는 건 아니구나. 둘째, 참여자들이 진행자인 나를 돌봐줬구나. 셋째, 같이 시간을 보내기로 해놓고 낮잠을 자도 아주 미움받지는 않는구나.

우리는 대부분 어떤 일을 혼자 하는 것과 같이 하는 것이 이분법적으로 나뉘는 개념이라고 여긴다. 고독과 피로 사이의 양자택일만이 가능하다고. 그러나 나는 눈뜨기 연습을 하면서 혼자와 같이가 다만 스펙트럼의 양 끝이라고 생각하게 되었다. 그렇다면 질문을 이렇게 바꾸어볼 수 있다. 우리는 어느 정도로 혼자 있거나 어느 정도로 같이 있고 싶은가? 그 적절한 점도와 정도를 찾아낼 수 있다면, 어쩌면 우리는 어두운 고독과 불타는 피로 사이에서 반음지 정도의 그늘을 찾아 쉴 수도 있을 것이다. 그날 홀로 잠에 빠진 나를 같이 보아준 눈뜨기 연습의 게스트들에게 이 지면을 빌려 감사하다고 말하고 싶다.

••

실은 언제나 손님이 주인을 돌보아주는 것임을 나는 누구보다도 잘 안다.

엄살원이 끝나고 나면 항상 일종의 우울과 자격지심을 느낀다. 이 인터뷰의 좋음에 내가 얼마나 기여하는지 잘 모르겠다는 생각이 들기 때문이다. 이것은 좋은 작업자들과 팀을 이룰 때에 생기는 아주 복에 겨운 부작용이다. 지나고 보면 좋은 부분은 모두 친구들과 손님들이 만들었다. 호스트로서 내가 할 수 있는 건 밥이 전부인 것만 같다. 그러니 밥마저 잘 안 되었을 때면 속이 새카맣게 탄다. 인터뷰가 끝나고도 며칠씩이고 생각한다. 그날의 밥, 밥이 맛이 있었는지를 모르겠다고.

가령 얼마 전까지만 해도 나는 가장 최근의 엄살원에서 내가 원하는 만큼 맛있게 만드는 데 실패한 리조토를 생각했다. 리조토가 알 덴테까지는 아니더라도 심이 좀 살아 있었어야 하는데 그렇게 만들지 못해서 원통했다. 그날의 리조토는 너무 일찍부터 만들기 시작하는 바람에 좀 더 죽에 가까웠다. 머릿속으로는 다 알고 있었다. 지금부터 만들기 시작하면 이 리조토는 반드시 식감이 나빠질 거야. 그러면 리조토가 아니고 죽이야. 그러면서 손과 발은 자꾸 리조토를 만들어내는 방향으로 움직였다. 리조토는 만드는 데 한 시간이면 충분한데, 그리고 파스타만큼이나 제때 서빙하는 게 중요한 음식인데. 뭐가 그렇게 급했는지 실제 식사 시간 세 시간 전부터 쌀을 만지작거렸다. 꼭 망치기를 바라기라도 하는 사람처럼. 완성된 리조토는 나쁘지 않았지만 훨씬 잘할 수 있었다. 이미 더 잘한 적이 있다. 다시 만든다면 완벽에 가깝게 할 수 있다. 여기서 문제점은 그 누구에게도 내 리조토를 잘 만든 버전으로 다시 먹어봐야 한다는 이유로 나를 한 번 더 만날 의무가 없다는 점이다. 그런 의무가 있는 세상은 아주 이상할 것이다. 그 세상의 사람들은 언제나 더부룩할 것이다.

엄살원의 손님과 식구들을 보내고 뒷정리를 하면서 제일 많이 하는 생각은 놀랍게도 그날 나눈 말이 아니라 그날 만든 밥에 대한 것이다. 매번 어떤 트집을 잡아서든 당일의 밥이 실제로는 맛이 없었다는 상상에 빠지기를 선택하는 데에, 그래서 우울해지는 데 성공하고야 만다. 어떤 손님이 진실을 말하겠는가? 너는 거기서 꼴랑 밥을 할 뿐이면서 그것도 제대로 못하냐는 목소리가 불쑥 나를 찌르고 들어온다.

나는 이 말에 놀랍도록 매번 똑같이 상처받는다. 그리고 이 말의 어리석음과 해악에 분노한다. 이 문장은 나를 자괴의 달콤함에 젖게 한다는 효용을 지니고 있다는 이유로 아무렇게나 말해져서는 안 된다. 밥을 하는 일은 지적이고 섬세한 노동이다. 불과 물, 그리고 위험한 도구를 다루며 노동 강도도 세다. 무엇보다 난 제대로 밥을 해본 적이 있다고 말해서도 안 된다. 수많은 주부들과 식당 노동자들을 생각하면 말이지. 그런데…… 왜 생각해야 하지? 자기 몫의 삶을 잘 살고 있는 타인들을 이 모난 말에 강제로 연관시키지 않으면서 몰래 가져보는 자괴와 자격지심의 시간은 많이 해로울까?

스스로 긍지를 가지는 일은 당신을 위한 일이 아니라 타인을 위한 일입니다, 남들이 당신을 어르고 달래는 수고를 들이도록 만들지 마세요, 라고 속삭이는 소리가 있는가 하면, 긍지란 스스로 가지려고 한다고 가질 수 있는 게 아니며, 우리는 언제나 타인에게 의존하고 민폐를 끼치면서만 살아갈 수 있고 당신도 예외가 아닙니다, 라고 속삭이는 소리가 있다. 둘 다 아주 다그치는 투라는 게 웃기다. 그 점에서 내 머릿속의 목소리들은 오만을 떠는 것 말고는 나와 이야기하는 법을 잘 모른다.

당신과 이야기하지 않으면 나 혼자서는 영영 알아낼 수 없을 것이다. 당신을 돌보는 것이 안주인의 운명인지, 당신으로부터 기꺼이 돌봄 받는 것이 안주인의 운명인지를 말이다. 그게 내가 당신에게 말을 걸고 싶은 이유다. 밤새 긴 이야기를 나누자. 다시 눈을 뜰 시간이 돌아올 때까지. 먹는 사람이 차리는 사람을, 손님이 주인을, 받는 사람이 주는 사람을, 죽으려는 사람이 살리려는 사람을 살리는 이상한 이야기를.

우리에게 희망이 있는가?

1991년 11월 탄생한 인문 잡지 《녹색평론》의 창간사, 〈생명의 문화를 위하여〉의 첫 문장이다. 지금 쓰여야 할 어떤 글의 첫 문장으로도 손색없는 질문이라서 가끔 이 창간사를 다시 읽는다. 《녹색평론》의 발행인 김종철 선생은 무엇보다 이 잡지의 탄생이 정당한지를 물으며 글을 시작한다. 가치 없는 책을 두고 으레 하는 표현인 '나무 아깝다'라는 수사는 그에게는 조금도 비유가 아니다. "범람하는 인쇄물 공해" 속에서 "불가피하게 삼림파손에 이바지"하면서까지 해야만 하는 이야기가 있는가? 있다 한들, "파국"을 향해 가속하는 "산업문명의 압도적인 추세" 속에서 그 이야기가 어떤 의미라도 있을까? 준엄한 질문 앞에서 그는 가까스로 대답한다.

> 우리가 《녹색평론》을 구상한 것은 지극히 미약한 정도로나마 우리 자신의 책임감을 표현하고, 거의 비슷한 심정을 느끼고 있는 결코 적

지 않을 동시대인들과의 정신적 교류를 희망하면서, 민감한 마음을 지닌 영혼들과 이 어려운 상황을 극복해 나가기 위한 이야기를 나누어보고 싶은 욕망 때문이었다.

이후로 몰아치는 명문장 사이에서 정신을 잃다가 문득 겁이 난다. 왜 이렇게 잘 읽히는가? 무려 30년 전의 글이 왜 아직 시의적절한가? 절륜한 사상가를 향한 감탄과 존경일 뿐만은 아니다. 이 글이 이토록 오래 유효하지는 않도록 변화했어야 할 책임이 우리에게 있었으리라. 그가 염원해 마지않았을 자기 소멸을 생각한다. 이 글이 얼마나 빠르게 낡아가기를 희망했을지 생각한다. 나는 깊은 부끄러움과 분노를 느낀다.

그럼에도 체념을 아끼는 이유는, 이런 참담함과 허무함에 마음을 다 내주는 습관이야말로 좋은 질문에 대한 가장 무도한 응답이라고 배웠기 때문이다. 원하는 것을 말할수록 약해지는 기분이 든다고 하더라도, 또박또박 말해야 할 때가 있다. 나는 낡을 힘이 있는 정치를 원한다. 시대를 관통하는 뛰어난 질문에 맹렬히 응답하는 정치, 그 질문을 닳고 닳도록 사용하는 정치, 그리하여 그 질문이 정의롭게 낡을 수 있도록 힘쓰는 정치를 원한다.

안타깝게도 기후위기를, 빈곤을, 소수자 차별을 끝내고 평화와 평등을 실현하려는 정치의 존재감은 투표용지 위에서 한없이 희미하거나 의심스럽다. 원하지 않는 정치를 피하기 위해서가 아니라, 원하는 정치를 정확하게 표시하기 위해 표를 던지면서도 마음은 움츠러든다. 너무 순진하다는 비난, 민폐라는 비난을 예상하기 때문이다. 망하는 팀플에 하나씩 있다는 그 빌런이 바로 나일지도 모른다는 감각을 떨치기가 어렵다. 이렇듯 생태계를 위해서, 사회적 약자를 위해서 투표하는 일은 또다시 지는 쪽에 서게 될 거라는 무력감과 굴욕감을 견디는 일이기도 하다. 언제부턴가 나는 하얗게 세어버린 마음으로 투표소에 갔다. 그날의 첫 투표자가 되기 위해 새벽빛과 함께 기상하는 할머니들의 반짝이는 눈을 생각하면 신기했다. 나와 다른 선택을 내리는 사람들일지라도, 내가 이 나라의 주인이라는 책임감만큼은 부러웠다.

그런데 장혜영을 생각하면 그 할머니들의 마음을 조금 알 것도 같다. 발달장애인 동생과의 일상을 전하던 '생각많은 둘째언니'가 '이웃집 국회의원'이 되었을 때, 나는 생소한 기분을 느꼈다. 우리 '곁에' 있겠다는 진보 정당들의 약속에 지쳐갈 때쯤, 장혜영이 우리 '사이'에서 나타난 것이다. 시설이 아니라 집에서 동생과 함께 사는 삶, 그와 다투고 노래를 만들고 커피를 마시고 장을 보러 가는 삶, 착해서가 아니라 더 행복하고 자유롭고 싶어서 그렇게 하는 삶. 나도 이입할 수 있는 아주 말랑하고 연약한 삶 속에서 건져 올리는 법안을 기대하는 마음이 바로 투표소에 가는 마음이라면, 그렇다면 나도 새벽에 일어나볼 수 있지 않을까. 마포에 살 걸 그랬다고 아쉬워한다. 장혜영에게 표를 주기 위해서.

제22대 국회의원 선거에서 마포을에 출마한 장혜영의 슬로건은 '내 삶을 지키는 정치'다. 나는 장혜영이 지키려는 '내 삶'들 속에 장혜영의 삶이 있기를 바란다. 장혜영이 장혜영의 삶을 위해 투쟁하는 방식은 내 삶까지 나아지게 하기 때문이다. 2024년 3월 29일 마포 주민들이 주최한 추가 소각장 토론회에서, 마포 말고 서울의 무인도에 소각장을 짓는 대안을 제시한 한 주민에게 패널인 장혜영은 이렇게 답했다. 서울시가 밀어붙이려는 매립 대 소각의 프레임 속에서 소각장 문제는 폭탄 돌리기에 불과하다고, 쓰레기를 줄이고 재활용하는 근본적인 변화를 만들지 않으면 이 문제는 우리에게 되돌아올 것이라고. 어떻게 하면 추가 소각장이 필요하지 않도록 쓰레기 자체를 줄일 수 있을까? 질문의 틀을 바꾸면 이것이 특별히 마포에서만 간절한 현안이 아니란 것을 알 수 있다. 마포를 위한 정치란 마포만을 위한 정치가 아니라고 말하기. 그게 장혜영의 방식이다. 나를 위해서라도 나만을 위해 싸우지는 않는 방식. 전국의 노동자들을 위해, 이태원 참사 유가족을 위해, 고 이예람 중사의 아버지를 위해, 발달장애인을 위해, 언니랑 결혼하고 싶은 모두를 위해, 전세 사기 피해자를 위해, 절멸을 목전에 둔 생명들을 위해 싸우는 방식. 그런 방식으로만 우리는 우리에게 희망이 있는가라는 질문을 낡게 만들 수 있을 것이다.

하루는 배달 음식을 시켜서 밥을 먹으려는데 비닐봉지 속에서 흉물스러운 무언가를 보게 되었다. 음식이 담긴 플라스틱 통 아래 깔린 종이 받침대였다. 그 받침대에는 이렇게 적혀 있었다.

당신의 용기를 지지합니다.

갑자기 너무 수치스러워져서 한참을 밥 앞에서 서성거렸다. 저의 무슨 용기를 지지하시나요? 고기 먹을 용기요? 배달시켜 먹을 용기요? 제가 배달 음식을 시켰다는 건 저의 용기 없음을 증거합니다……. 대체 무슨 용기가 지지받은 건지 알고 싶지 않다는 생각을 하면서 배달의민족 애플리케이션을 지워버렸다. 그리고 며칠 뒤에 다시 깔았다. 다행히 며칠 뒤에 시킨 음식에는 받침대가 필요하지 않았다.

배달 음식과 나의 인연은 2019년으로 거슬

러 올라간다. 2019년 이전까지 나에게 배달 음식은 집에 놀러 온 친구들이 먹고 싶다고 할 때나 시켜보는 정도의 음식이었다. 배달 음식 산업은 나하고는 관련이 없는 산업이라고 생각했다. 그건 스스로 좀 뿌듯하게 여겨지는 특질이기도 했다. 엽떡을 모른다는 자부심의 세계도 분명히 존재한다. 내게 배달 음식 안 시키기가 그리 어렵지 않은 일이었기 때문에, 나는 웬만해서는 배달 음식은 자제하려고 한다고 말하고 다녔다. 그게 내가 가진 신념인 것처럼.

내가 완전히 배달 음식에 빠지게 된 것은 코로나19가 창궐하면서부터다. 당시 첨삭 알바를 하던 논술 학원의 입장에서도 코로나는 절망적인 소식이었다. 우리는 당장 대입 시험이 코앞인 고삼 학생들만큼 중요한 게 없는 나라에 살고 있기 때문이었다. 학원 체제는 비대면 온라인 수업으로 전면 전환되었다. 이 커다란 전환 속에서도, 학생들에게는 모자람도 차이도 없는 관리를 제공하는 것이 학원의 유일한 목표였다. 매일 새로운 행정 절차가 생겨났다가 없어졌다가 했다. 부족한 행정력을 메우기 위해 첨삭 알바들도 함께 갈려나갔다. 모두가 줌을 처음 쓰던 시기였기 때문에, 무슨 일이든 줌으로 하면 시간이 배로 걸렸다. 그런데 학원 스케줄은 대면 수업 때와 비슷하거나 조금 더 빡빡했다. 모두가 온라인은 더 효율적이라고 믿은 결과였다. 출퇴근을 하지 않고 집에서 일하는데도 노동 시간은 몇 배로 늘어났다. 정신 차려보면 하루에 열네 시간을 꼼짝도 않고 노트북 앞에 앉아 있는 날들이 이어졌다. 어느 날엔 의자에서 일어나는데 위경련과 다리 경련이 동시에 오는 바람에 그대로 응급실을 가기도 했다.

그때 처음으로 배달 음식을 본격적으로 먹기 시작했다. 나는 배달 음식의 편리함과 다양함, 그리고 중독성에 큰 충격을 받았다. 몇 번 시키고 나면 그만둘 수 있을 거라고 생각했던 것 같다. 그러나 나는 매일 무슨 관광객이나 된 것처럼 배달의민족을 구석구석 탐험했다. 혼자 사는데도 굳이 3~4인분짜리 찜닭을 시킨 날도 있다. 그 찜닭을 내리 며칠 동안이나 일용할 양식으로 썼다. 남은 양념에 밥도 볶아 먹고 파스타도 볶아 먹었다. 그러고도 다음 날이면 시키고 싶은 다른 음식이 또 생각났다.

아주 우울하고 절망스러운 편리함이었다. 왜냐하면 어떤 신념, 어떤 생활 형식을 내가 '가졌다'고 말할 수 없다는 사실을 깨달았기 때문이다. 나는 배달 음식을 안 먹겠다는 신념을 가지고 있었으나 흔들린 게 아니었다. 그저 배달 음식을 안 먹어도 되는 환경에 놓여 있다가 배달 음식을 먹어야만 하는 환경에 놓이게 됐을 뿐이었다. 신념과 윤리에도 계급이 있다. 더 도덕적인, 덜 착취적인 삶을 구축할 수 있는 물적 자본, 인적 자본, 지적 자본을 소유한 사람이 있고, 그렇지 못한 사람이 있다. '그럼에도 불구하고'를 품고 사는 사람들, 그러니까 그런 자본 없이도 자신의 신념과 삶을 일치시키기 위해 노력했던 사람들은 그래서 대단하지만, 그런 인내와 끈기 또한 지상에서 가장 무작위로 배분되는 자원인 재능의 영역일 수 있다. 나는 그때 이후로 아직 배달 음식을 끊지 못했다.

••

배달 음식에 나쁜 추억만 있는가 하면 그렇지 않다. 2019년 이전에 야식 시켜 먹기는 한때 같이 살던 나의 동생 단과의 짜릿하고 즐거운 이벤트였다. 지금도 어떤 음식을 식탁에 놓으면 반대편에 단이의 윤곽선이 어른거린다. 저 윤곽선 안에 단이를 넣으면 딱 맞겠네. 단이를 눈앞에 데려오고 싶네. 단이가 오면 우리는 즐겁게 야식을 먹는다. 언제나 실제로 먹을 수 있는 양에 비해 조금 넉넉하게 시킨다. 단이는 두고두고 파파존스에서 사이드로 주문한 치킨 스트립을 먹던 내 표정을 놀리는데, 그에 따르면 나는 자기가 치킨 스트립을 먹는다는 사실을 숨기려는 사람처럼 먹는다고 한다.

"근데 언니는 너무 맛있는 걸 먹을 때는 항상 그래. 뭔갈 좋아하면 안 되는 사람처럼, 아주 태연하려고 노력하는 표정으로 먹어."

비건이 되고 나서 계향하고 단이하고 처음 밥을 먹었던 날도 기억이 난다. 그때 되게 잘못했기 때문이다. 철저한 비건으로 살던, 비건지향 초기의 일이었다. 어제 일처럼 생생하고 아찔한 장면이다. 내가 좋아하는 식당에서 우리는 산채 비빔밥과 곤드레 밥을 시킨다. 산채 비빔밥에는 고기 볶음과 계란프라이가 들어가 있다. 그렇다면 곤드레 밥으로 충분해, 나는 대답한다. 그 결론이 만족스럽지 않은지, 단이하고 계향은 잠깐 고민하다가 밥을 이 공기 저 공기에 이렇게 저렇게 담아보기 시작한다. 배고픈 나의 눈에는 그 행위가 비빔밥과 곤드레 밥을 섞는 걸로 보인다. 나는 갑자기 울컥한다. "그럼 나는 뭐 먹어!" 소리를 지른다. 계향과 단은 깜짝 놀라서 모든 동작을 정지했다가, 이내 먹먹한 얼굴이 된다. 우린 그냥 담이 몫의 곤드레밥에 산채 비빔밥에 들어 있는 맛

있는 나물을 좀 얹어주려고 했을 뿐인데…….

내가 왈칵 화를 내던 순간 계향과 단의 얼굴에 지나가던 당황스런 표정을 생각하면 아직도 섬뜩하다. 심지어 억울한 생각마저 든다. 왜 그 순간에 그렇게 행동해야 했는지 이해가 안 가기 때문이다. 그렇게 그림 같은 실수를 하다니? 동물과의 관계를 재편하고 싶은 쪽에 섰다는 윤리적 우월감을 빌미로 아무 사람이나 훈계할 자격이 생긴다고 생각하는 실수. 가장 가까운 사람부터 상처 입히는 재수 없는 인간이 되는 실수. 당시 조금 다른 신념을 가져보려고 노력하던 나하고 같이 갈 식당을 즐겁게 골라주던 계향과 단을 생각하면, 내 용기를 지지해줬던 그들의 용기를 생각하면, 그리고 이따금 많은 고기가 들어간 배달 음식을 시키고 '용기'를 지지받는 나의 지금을 생각하면 그때의 치기가 우스울 따름이다.

비건이 되는 일에 용기가 필요하다고 하지만, 비건이 된 친구나 가족과 밥을 같이 먹는 데에도 큰 용기가 필요하다. 사랑하는 내 딸 또는 언니는 이제는 내가 끔찍하고 더러운 식사를 하고 있다고 생각할까? 그렇지 않다면, 그런 식사를 하는 사람들로 생각해보려고 노력하고 있을까? 우리의 식사 시간은 다시는 전처럼 아름답거나 즐거울 수 없을까? 내 밥은 잘못된 걸까? 아무래도 뭔가 공부를 해와서 저러는 것 같은데. 그럼 나는 배움이 부족해서 이렇게 먹고 있는 걸까? 담이는 정말로 우리가 자기 밥을 챙기지 않을 거라고 생각한 걸까? 그런 일은 여태껏 단 한 번도 일어난 적이 없는데도.

비건이 된다는 선언은 이제껏 나와 능숙한 사랑을 주고받은 사람들에게는 비보이기도 하다. 그것은 기존의 사랑을 확장하는 일이 아니라 분해하고 해체하겠다는 결심이기도 하기 때문이다. 비거니즘은 개별 개체에 적용했던 사랑의 방법론을 더 많은 개체에 확대 적용하기만 하면 해결되는 간단한 문제가 아니다. 우리는 한 존재와 다른 존재의 관계를 아예 처음부터 다시 배워야 할지도 모른다. 우리는 누구에게 빼앗은 무엇을 바탕으로 이토록 풍요롭게 사랑할 수 있었나? 어쩌면 너에게 주기 위해 남에게서 빼앗았다는 사실 자체가 그토록 달았던 것은 아닐까? 차별과 폭력이 사랑의 근본이라면, 이런 사랑의 습속을 퍼뜨리지는 말아야 하는 게 아닐까? 사랑은 인간종과 함께 쇠락하도록 두는 편이 낫지 않을까? 능란한 사랑을 심판대에 올리고 심문해야 할지도 모르는 일이다. 그간 사랑에 뛰어났다는 사실이 자랑은 아니게 되는 시점까지.

이런 질문들을 거치는 과정에서 나는 내가 사랑하는 많은 사람들을 무안하게 만드는 실수를 여러 번 했다. 그럼 이제 우리 같이 못 놀아? 왜, 내가 도덕적 천민이어서? 그렇게 묻는 상처 입은 눈을 여러 번 보고서야, 나는 인간과의 관계를 망치고서 동물과의 관계를 새로 쓸 수는 없다고 생각하기 시작했다.

••

단과 같이 살던 시절에 해 먹던 맛있는 음식들, 그가 아직도 가끔 생각난다고 하는 나의 수제 야식들, 그 야식들 위로 쌓아 올린 자매애는 어떻게 다시 쓸 수 있을까? 식당에서는 절대 볼 수 없는 넉넉한 양의 마요네즈와 김을 뿌린 명란 파스타, 아보카도와 토마토를 올린 간장 계란 밥, 간장 국수, 매번 다른 것 같으면서 비슷한 국수들, 달고 짠 양념에 구운 고기들. 힘이 떨어지면 가끔 계향이 해주던 대로 닭을 삶기도 했었다. 단에게 언니가 해준 음식, '언니 밥'이라는 장르가 있다는 게 자랑스럽다. 나중에 다시 한 번 같이 산다면 그때에는 비건인 언니 밥도 많이 해줄 텐데. 나는 주로 혼자 있을 때 고기를 먹는다. 단이라는 보는 눈이 있다면 훨씬 더 많은 비건 음식을 태연하게 늘 해오던 것처럼 먹으려고 노력할 것이다. 이제는 그렇게 할 힘이 내게 있다. 무안을 주는 대신, 밥상을 차려줄 힘이.

지금은 멀리 떨어져 살아서 그런지 단과 만나서 같이 일탈을 하고 싶다는 게 솔직한 심정이다. 단과 먹는 몸에 나쁜 음식은 최고로 맛이 있다. 파파존스에서 가든 스페셜 말고 다른 피자를 주문해서 함께 먹고 싶다. 우리가 항상 하는 멘트를 읊으면서. 피자는 사이즈가 다르면 다른 음식이야. 무조건 큰 피자가 더 맛있으니까. 하지만 그가 자고 간다면 다음 날에는 고사리 들깨죽을 끓여주고 싶다. 구운 야채로 끓인 채수에, 장조림보다도 잘게 찢은 고사리, 작은 감자처럼 으깨지는 부드러운 마늘, 끈적한 들깨. 나는 이 메뉴를 언젠가의 비건 팝업 식당에서 판매하기도 했을 정도로 아낀다. 분명 단도 좋아할 것이다.

••

계향과 영빈은 가끔 나의 집에 나를 보러 온다. 계향과 영빈을 재우고 밤새 마감을 한 어느 날이었다. 점심쯤 눈을 떠보니까 식탁에 장어구이 한 상이 차려져 있었다. 어젯밤에 내일 생선은 먹겠다고 대답한 결과였다.

영빈은 매번 참, 담이는 고기 안 먹지? 생선은 먹나? 계란은 먹나? 하고 물어본다. 그럼 계향은 내 눈치를 슬쩍 본 다음 아무튼 동물한테서 나온 건 얘는 못 먹어, 라고 말해준다. 나는 다시 아냐, 먹을 수 있어, 드시고 싶은 거 있으면 그중에 고를게요, 라고 대답한다. 내 생각엔 계향과 영빈도 매번 헷갈리는 것 같다. 그러니까 내가 먹고 싶지 않거나 먹을 수 없다고 말한 건지, 아니면 먹고 싶고 먹을 수 있으나 먹지 않기로 했다고 말한 건지 말이다. 그리고 계향과 영빈이 헷갈리는 것은 당연하다. 고기를 먹고 싶지 않은 건가? 먹을 수 없는 건가? 먹지 않기로 한 건가? 이 세 질문들 사이에서 나 스스로 늘 와리가리하고 있기 때문이다.

내가 이 혼란스런 식생활을 이어가는 중에, 계향은 가끔 나에게 김치볶음밥을 보내준다. 내가 한번 오늘은 어쩐지 계향이 만든 김치볶음밥을 먹고 싶다고 말한 뒤로 두 달에 한 번은 계향의 김치볶음밥이 집으로 온다. 검은콩 두부를 잘게 잘라 튀겨 넣고, 식물성 마가린으로 볶은 김치볶음밥이다. 우리 집은 아주 예전부터 '이게 버터가 아니라니 말도 안 돼!(I can't believe it's not butter!)'라는 이름의 마가린을 먹었다.

계향은 김치볶음밥을 보내주면서 버터는 여태 먹던 걸 그대로 넣어도 되니 좋다고, 하지만 김치에 들어간 젓갈까지는 신경을 쓰지 못했다고 말한다. 내가 제발 딱 2인분 정도만 보내라고 하면, 계향은 아주 자제해서 6인분의 김치볶음밥을 보내온다. 그러면 나는 적어도 사흘 동안은 배달 음식을 시키지 않아도 된다. 계향이 보낸 소포 맨 아래에는 "엄마의 다큰딸, 담"으로 시작해서 "여러 담을 모두 사랑하는 엄마", 또는 "홀로 우뚝 선 담에게 무엇이 도움이 될까 궁금한 엄마" 등으로 끝나는 편지가 깔려 있다. 그것이 계향의 방식이다.

영빈은 향수나 향이 좋은 보디 워시를 자신과 나에게 선물하는 취미를 가지고 있는데, 요즘에는 무슨 향수를 보내면서 문자 메시지를 덧붙인다. "비건이라고 하네. 자네 할 수 있는 만큼 하시고 살고 싶은 대로 사시게. 어쨌든 계향과 영빈은 안담을 영원히 응원하네!" 그리고 본가에 갔을 때 내가 생선은 먹겠다고 하면 강릉의 만복수산까지 가서 날것으로도 먹고, 초밥으로도 먹고, 탕에 데쳐서 먹고도 남을 만한 양의 회를 끊어 온다. 배 터지게 회를 먹으면서 나는 생각한다. 다음번에는 집밥만 먹고 싶다고 얘기해야지……. 이것이 영빈의 방식이니까.

우리가 모이면 얼마나 많이 먹는지는 한때 이 가족의 단골 수다 주제였다. 장신이나 거구라곤 단 한 명도 없는 작은 체구의 유전자 집단치고 정말로 특이할 정도로 많이 먹는 건지, 아니면 다들 죄책감이 심한 건지는 아직도 모른다. 너무 가난해서 좋은 날 할 수 있는 게 많이, 더 많이 먹는 것뿐이었을까, 그런 생각이 들기도 한다. 먹는 것만이 낙이었던 시절을 가끔 떠올린다. 영빈이 남대문시장에서 구해 온 미군 식량인 C-ration 시리즈를 게임처럼 하나씩 도장 깨기 하던 일. 버터에 구운 관자와 소고기의 냄새. 특별한 날이면 계향이 굽던 통닭의 모습. 낡디낡은 오븐 속에서 천천히 돌아가는 그 닭을 보면서 와, 크리스마스 같아, 라고 생각하던 일. 좋은 추억으로 남았으므로 다시 재현할 필요는 없는 그런 기억들.

나는 여전히 잘 먹고 내 팔은 여전히 통통하지만, 고기를 먹지 않겠다는 선언 이후로 가족들에게는 내가 자꾸 마른 것처럼 보이는 것 같다. 왜 이렇게 줄었어! 계향과 영빈은 가끔 안타까워한다. 내게는 그것이 혹시 사랑이 줄었냐는 질문으로도 들린다. 왜 이렇게 변했냐는 불안의 질문처럼도 들린다. 조금도 마르지 않은 내 사랑을 보여주기 위해 나는 조금씩 새로워진다. 추억도 갱신할 수 있다. 기존의 추억을

죄로 만들지 않으면서도. 그것이 나의 방식이라고
말할 수 있었으면 좋겠다.

당곡2길의 주민은 웬만해서는 일직선으로 걷지 않는다. 피해서 걷고 싶은 것이 많기 때문이다. 서류 없이 버려진 가구에서 굴러 나온 못이나, 낙뢰 모양으로 뻗는 음식물 쓰레기 국물, 야무지게 다 먹은 옥수수 속대와 수박 껍질을 피해 갈지자로 때론 곡선으로 요령 있게 걷는다. 오래된 동네에서 산다는 것은 주변 시야가 발달하고 얕은 점프를 잘하게 된다는 뜻이다. 갈릭 소스가 묻은 비닐봉지 아니면 배변패드 둘 중 하나인 것을 피해 사뿐, 목장갑 아니면 비둘기 아니면 낙엽 셋 중 하나인 것을 피해 사뿐.

그렇게 사뿐사뿐, 상토를 사면 분갈이는 무료로 해주는 화원을 지나, 끝내주는 파래 김을 파는 기름집을 지나, 담벼락이 노랗고 가로등은 더 노란 골목을 내려오면 우리 집이다. 노랗게 칠한 담벼락과 빽빽한 가로등은 안심귀갓길 정책의 일환이다. 안심을 위한 조치가 따로 필요하다는 점을 도리어 불길하게 여겼던 것도 잠시, 나는 이 길을 노란 골목이라고 부르며 금세 정을 붙였다. 지금은 신식 LED 등으로 다 교체되었지만, 짙은 주홍빛의 구식 가로등이 있었을 때 이 골목은 오고 가는 모든 이들의 표정을 애틋한 빛으로 물들이는 운치가 있었다.

당곡사거리 근처에 산 지는 만으로 3년. 아침이면 온전히 서재이기만 한 방의 창문을 연다. 향을 사르고 커다란 달이 그려진 요가 매트 위에 궁색하지 않게 선다. 그거면 된다. 조금만 달려 나가면 넓디넓은 보라매공원이 있는 동네다. 집을 둘러싼 환경에까지 비용을 지불할 수는 없을 때 이사를 왔으므로, 창밖 풍경은 적당히 눈감으며 사는 너그러움을 터득했다. 일반적으로 근사하다고 할 수는 없지만, 예쁜 점이 구석구석 숨어 있는 나의 서식지. 이웃집 담장 너머로 잘 가꾼 장미 화단이나 오래된 감나무를 감상하는 날이면 이곳에 살길 잘했다고 생각한다. 골목 양옆으로 어느 집 소속인지 모를 스티로폼 박스들이 늘어서 있고 그 안에서 고추, 가지, 상추, 깻잎 등이 팽팽하게 묶인 노끈에 등을 기대며 자란다.

그럼에도 매일 살던 집을 걷잡을 수 없이 미워하게 되는 계절은 온다. 며칠 전에는 친구와 통화를 하다 동시에 창문을 닫는데 친구가 창문을 너무 간단하게 닫아서 그만 머쓱하게 웃음이 터졌다. 나는 바깥 창문을 여러 번에 걸쳐 닫는다. 방범창 사이사이로 손을 넣었다 뺐다 하면서, 한 번에 창살의 간격만큼씩만 닫는다. 다음엔 꼭 2층 이상의 집으로 이사를 가겠다고 다짐하면서.

그 어느 때보다도 집 앞 골목에서 벌레나 쥐를 보는 날에 이곳에서 그만 살고 싶어진다. 동네 할매들이 옥상에 방수포를 펴고 고추를 즐겨 말린다는 사실이 못내 원망스러울 때가 있다. 바람에 날려 후두둑 떨어진 건고추는 돌바닥 위에서 큰 벌레로 보이기 때문이다. 윤이 나는 껍데기, 텅 빈 속에 엽전 같은 씨를 품은 건고추는 굴러갈 때 조그맣게 달그락 소리가 난다.

그런 이유로 나는 굳이 이 골목의 길바닥을 유심히 살피며 걷지 않는다. 특히나 대문을 나와서 오른쪽, 노란 골목의 아주 짧은 오르막길은 되도록 빨리 지난다. 오른쪽 골목과 왼쪽 골목 중 큰길로 나가기에는 오른쪽 골목이 더 빠른데, 바닥에서 얼핏 죽은 쥐를 보는 일이 생기면 한참 동안 오른쪽 골목으로는 가지 않게 된다. 이곳의 돌바닥은 어찌나 홈과 흠이 많은지, 네모진 콘크리트 비스킷을 쟁반에 가득 담았다가 쏟은 것처럼 도통 아귀가 맞는 블록이 없다. 군데군데 파이고 깨진 돌바닥의 틈으로 출처 모를 물과 먼지가 고이고, 그 위로는 이끼와 잡초가 자란다. 화분에서 사는 고고한 식물은 절대 마실 일이 없을 거리의 물, 그 불그스름한 혼합 농축액을 마시고도 돌바닥 틈새의 잡초는 징그럽게 푸르다. 정돈되지 않은 죽음과 부패 위에서도 도시의 풀은 무럭무럭 자랄 줄 아는 것이다. 조리된 식물의 즙과 동물의 피를 남김없이 마시며, 강하고 냉혹한 작은 풀들이 열십자로 자라는 골목. 이곳에서는 쥐들도 열십자로 죽는다.

애니메이션 〈톰과 제리(Tom and Jerry)〉에서 톰과 제리는 평생 서로를 골탕 먹인다. 제리는 커다란 나무망치로 톰을 내리친다. 제리는 피아노 덮개 아래로 톰을 유인한다. 톰은 두꺼운 책 사이에 제리를 끼운다. 납작해진 톰과 제리는 이윽고 약이 잔뜩 오른 채 빵빵하게 살아난다. 그러곤 다시 상대의 코를 납작하게 눌러주러 떠나는 것이다.

당곡2길에서 제리는 열십자로 죽는다. 그리고 톰도 열십자로 죽는다.

• •

이곳은 고양이가 많은 동네다. 이 근방에서 내가 제일 잘 아는 고양이는 점순인데, 주둥이 한쪽에는 짜장 점, 한쪽에는 카레 점을 나란히 달고 있어 점순이라고 내가 부른다. 점순이는 작년에 노란 골목에서 새끼 세 마리를 낳았다. 치즈, 턱시도, 고등어를 빼놓지 않고 골고루 낳았다. 점순이는 경계심이 많지만 내가 우리 집 뒤쪽에 설치해준 겨울 집에서 새끼들과 함께 2019년 겨울을 났다. 현관문을 활짝 열고 청소를 하는 날이면 점순이의 새끼들 중 제일 담대하고 몸집이 큰 턱시도가 신발장까지 들어와 삐약 삐약 울었다. 한번은 내 러닝화 속으로 빠져버린 치즈를 따라서 도도한 점순이마저 우리 집 거실로 들어온 적이 있다. 누가 뭐래도 그때 점순이네하고 나하고는 좀 친했다고 할 수 있지 않을지 생각한다.

노란 골목의 점순이 말고도 인근의 골목마다 유명한 고양이가 한 마리씩은 살다 보니까, 바람에 유영하는 쓰레기를 느긋한 고양이로 착각하게 되는 일이 적지 않다. 검은 비닐봉지를 향해 반가운 마음으로 살금살금 다가간 적이 얼마나 많은지 모른다.

거꾸로 어떤 고양이는 비닐봉지로 보인다. 대체로 하얗고, 부분적으로 노란, 어쩌면 낙엽일 수도 있는 작은 봉지로 보인다.

종일 장대비가 내리던 11월 9일 아침의 출근길에는, 우리 집에서 큰길로 나갈 수 있는 두 방향의 골목

중에서 오른쪽을 택하여 걸었던 것으로 기억한다. 대체로 하얗고, 부분적으로 노란, 어쩌면 낙엽일 수도 있는 것을 지나쳐서, 피해서 걷고 싶은 것을 피해가며 사뿐사뿐 곡선으로 걸었다.

그날 밤 같은 골목으로 귀가할 때가 되어서야 나는 대체로 하얗고, 부분적으로 노란, 어쩌면 낙엽일 수도 있는 그것이 낙엽도 비닐봉지도 아니고 점순이의 치즈라는 것을 알았다. 나는 잠시 걸음을 멈추었다가, 그대로 대문을 통과해 집으로 들어왔다. 우산을 접고 담배를 피웠다. 이틀에 한 번 죽은 아기 고양이들을 모아 화장을 해준다는 24시 동물병원에 전화를 걸었다. 두 시간 후에 나는 나주 배가 그려진 과일박스와 목장갑을 챙기고, 집주인 할아버지의 삽을 빌려 골목으로 나갔다. 치즈를 등지고 비를 맞으면서 30분을 더 망설인 뒤 삽으로 치즈를 들어 과일 박스 안에 넣었다. 책장에서 플라스틱 파일 하나를 찾아 유성펜으로 큼지막하게 글씨를 썼다.

> 잠시만 그대로 두어주세요. 근처에서 죽은 길고양이 아기입니다. 곧 수거하러 오겠습니다.

뭔가 부족한 것 같아서 치즈 위로 말린 장미를 넉

넉히 넣었다. 박스 위에 파일을 얹어두고는 혼자 집으로 들어왔다. 꽃다발을 선물해주었던 친구에게 전화를 걸어 우리가 같이 말린 꽃들을 내가 쓰겠다고, 실은 이미 썼다고 말했다. 동생을 기다렸다가 그녀의 손을 붙잡고 병원으로 함께 달렸다. 택시 기사 아저씨가 무릎 위의 박스를 보고 물었다. 그게 뭐예요? 장미 다발이에요. 말린 건데요. 거짓말을 하고는 냄새가 날까 봐 박스를 끌어안았다.

집으로 돌아와 동생이 말했다. 좋은 데 갔을 거야. 아프지 않았을 거야.

나는 고백했다.

징그러워서. 징그러워서 오래 걸렸어. 비가 오는데 그냥 뒀어. 비를 많이 맞았겠지? 내가 두 시간 동안 안 나갔어. 병원은 금방 찾았어. 비닐봉지 아닌 것도 알고 있었어.

잘했어. 무서웠어?

가벼웠어. 너무 가벼워서 여러 번 떨어뜨렸어. 어떻게 생겼는지 기억이 잘 안 나. 눈하고 털이 없을까 봐 못 쳐다봤어. 비가 많이 와서 벌레는 없었어. 기억이 잘 안 나.

나를 닮은 여자는 끔찍하고 비겁한 나의 마음 옆으로 다가와 오래도록 함께 줄담배를 피워주었다.

치즈가 죽고 나서 꽤 오랫동안 몸에 힘을 풀지 못하고 지냈다. 말이 더 빨라지고 추운 사람처럼 목소리가 떨렸다. 이완을 잘해야 순발력이 생겨요. 그렇지 않으면 발작적으로 춤추게 돼요. 언젠가 들은 탱고 선생님의 말을 곱씹으며 뭉친 앞가슴을 풀고 심호흡을 해봤지만, 비가 오는 새벽이면 보초를 서는 군인처럼 번쩍 눈이 떠졌다. 주먹을 꽉 쥐고 골목을 뒤졌다. 점순이는 새끼를 세 마리 낳았다. 두 번째에는 반드시 무섭지 않고 싶었다. 점순이의 말을 알아듣는 꿈을 꾸었다.

나는 악몽의 귀재다. 자주 꾸는 것도 일종의 재능이라고 본다면 말이다. 이렇게 악몽을 꾸어대다가 은근슬쩍 예언자나 무당으로 자라게 되는 건 아닌지. 내심 그런 직업적 전환을 기대하고 있다. 자율을 박탈당할 기회만을 엿보면서 산다. 운명에 고스란히 치이고 싶다. 나보다 중요한 인물 또는 세계가 이윽고 겪게 될 고통을 내다본 신들이, 멋들어진 예지몽을 나의 새벽으로 전송해준다면 좋겠다.

그렇다면 나는 내게로 흘러들어온 꿈의 씨실과 날실을 휘둥그레 더듬으면서, 곧바로 이 꿈이 내가 짠

꿈일 리가 없다는 것을 알게 된다. 내 무의식의 역량을 아득히 뛰어넘는 아름다운 꿈. 원형적 상징과 의미로 촘촘하게 직조된 꿈. 질문과 답을 한꺼번에 품고 있으며, 간절하게 해석을 기다리는 꿈. 나는 그저 내용물을 기다리는 그릇이요 정해진 대본을 간신히 읽는 예보자일 뿐이므로, 인류의 미래가 담긴 꿈의 해석자를 발탁하는 일을 평생의 소명으로 삼게 될 것이다. 불길할 정도로 맛있는 음식이 차려진 자본가의 식탁을 벌하고, 영토가 없이 걷는 이를 드디어 쉬게 하며, 뺨에 멍이 든 여자에게 기나긴 복수의 청사진을 쥐여주는 그런 악몽의 대리자라면!

물론 내게는 미리 주어진 소명이 없으므로, 나의 악몽은 대부분 목욕 가방만큼이나 투명하고 해석해야 할 층위랄 게 전무한 꿈들이다. 심오하지도 않은 나쁜 꿈을 밀도 있고 실감 나게 꾸려면 욕심이 많고 창피의 감각이 뛰어나야 한다. 내가 꾸는 악몽은 주로 책임에 관한 것이다. 할 수 있다고 여겼던 일, 그러다 실패한 일. 또는 충분히 할 수 있었지만 하지 않은 일. 나의 잘못은 아니지만 나의 죄인 일. 치즈가 죽고 나서 나는 섬뜩할 정도로 가벼웠던 치즈가 꿈에 나올까 봐 맘을 졸였다.

이상하게도 그날부터 몇 주 동안 나의 꿈속에서는

치즈 대신 식물들이 많이도 죽었다. 물러서도 죽고, 말라서도 죽었다. 잠깐 낮잠을 자느라 물 주는 것을 잊어버린 몬스테라가 비단뱀에게 먹히고, 실제로는 키우지도 않는 야자수의 머리가 잘리고는 했다. 그래도 끝내 치즈는 나오지 않았다. 치즈와 나의 서식지에서 치즈는 떠나고 나는 남았으므로, 나는 오래지 않아 이완을 되찾았다. 식물이 죽는 꿈도 더 꾸지 않게 되었다.

뒤늦게 치즈의 꿈을 꾸게 된 것은 아주 최근의 일이다. 얼마 전 집 앞 골목에서 아마도 다섯 번째 제리를 보았다. 그러나 꿈에 제리는 나오지 않고 자꾸 치즈가 나온다. 치즈의 말은 잘 알아듣지 못한다.

꿈에 제리가 나올 차례가 되기 전에, 이사를 가고 싶다. 내후년쯤이면 좋겠다. 방범창이 없는, 2층 이상의 집으로 가고 싶다. 안에서 식물을 키울 수 있을 만큼 충분한 빛이 들고 창문을 한 번에 닫을 수 있는 집으로 가고 싶다. 집 앞 골목을 갈지자로 걷지 않아도 되는 것까지를 집의 조건으로 넣고 싶다. 이곳에 사는 동안 나는 절대로 제리의 장례를 치르러 골목으로 나가지는 않을 것이다. 제리에게 쓸 종이 박스와 말린 장미 같은 것은 내게 없기 때문에. 나는 그저 제리가 살지 않거나 잘 보이지 않는 동네로 가고 싶다. 매끈한 보도블록이 깔린 동네에 살고 싶다.

그런데 이사를 생각하면, 굳이 쳐다보지는 않고 사뿐사뿐 뛰어서 다니기로 했던 골목의 바닥으로 자꾸 고개가 끌려가는 건 왜일까. 보게 되길 원하는지 보지 않게 되길 원하는지 모를 마음으로 눈을 내렸다가, 잘 마른 낙엽 비슷한 것이 흰자위에 걸리면 뒷목에 난 털을 누가 한꺼번에 잡아 뽑은 것처럼 진저리 친다. 그래도 다시 빗진 시선이 있는 것 같은 기분에 목이 뻣뻣해지는 이유는 뭘까. 내가 보지 않아도 되는 죽음들은 누가 보는지, 내가 치우지 않아도 되는 죽음들은 누가 치우는지 대답할 수 없으면 안 된다는 기분이 드는 것은.

제리도 가끔 이사를 하고 싶을까. 나만큼이나 당곡사거리의 종인 고양이, 비둘기, 쥐는 나를 피해 갈지자로 다니기 지쳐서 이사를 하고 싶을까. 이사를 간다면 어디로 갈 수 있을까. 전남 구례에서는 섬진강에 난 홍수를 피해 한 무리의 소 떼가 사성암을 찾아갔다고 한다. 우습다고 생각했다. 왜냐하면 소는, 본래대로라면 소는⋯⋯ 소는 본래 어디에 살지?

이 바닥을 노려본다고 알게 될까. 홈과 흠이 많은 당곡2길의 보도블록을, 재개발이 다 끝나기 전까진 교체될 일 없을 돌바닥의 열십자 틈새를 꾹꾹 밟으면서 걸으면, 열십자로 죽은 제리를 똑바로 쳐다볼 수 있게 될 때쯤에는, 알게 될까. 그럴 리가 없을 텐데도 나는 이 감각을 잃어버려서는 안 될 것 같다고 생각한다.

칼을 갈아야 한다. 칼을 갈아야 해. 숫돌을 사서 칼을 갈아야 해. 새벽에 하는 생각은 여러 가지인데, 칼을 갈겠다는 결심도 자주 떠오르는 화제다. 잠이 오지 않는 이유, 삶이 이 꼴인 이유를 집 안 기물의 관리 상태에서 찾아보려는 주간이 돌아왔다. 1년 넘게 갈지 않은 전구, 이전 세입자의 무심한 페인트칠로 얼룩진 문고리, 화장실 습기를 버티지 못하고 썩어가는 나무문, 가스레인지 후드에 모인 기름때, 순결과는 거리가 먼 흰옷들. 그걸 다 그대로 둔 탓에 잘 못 지내고 있는 게로구나. 과연 새벽다운 비약에 사로잡히면 이글이글 타는 마음으로 번쩍 일어나 지쳐 잠들 때까지 청소를 한다. 집안일이 늘 그렇듯이 해야 할 일의 목록은 끝도 없이 길어질 수 있고, 반면 체력과 시간에는 한계가 명확하므로 반드시 나중으로 미루는 일이 생긴다. 우선순위가 낮은 일들, 이를테면 '초파리처럼 자연 발생하는 세탁소 옷걸이를 싹 내다 버리고 패션 셀럽이 추천한 좋은 옷걸이 200개 사두기' 같은 일은 그 대기 리스트에서 지워지기까지 몇 년이나 걸리기도 한다.

칼 관리도 그런 일이다. 무딘 칼이라도 쓰자고 마음먹으면 쓰지 못할 정도는 아니라는 점, 몇 년 전 지하철을 돌아다니는 잡화 상인에게 홀려 구매한 간이 칼갈이가 있다는 점 때문에 숫돌 사기는 항상 나중 일이 되었다. 그럼에도 껍질의 밀도와 속살의 밀도가 완전히 다른 토마토 같은 식재료가 이 빠진 칼 아래 뭉개질 때, 또는 제대로 끊기지 않아 아코디언처럼 늘어진 대파 채를 손님의 국에 뿌려야 할 때면 조만간 기필코 숫돌을 사겠다고 이를 갈았다. 칼 갈아주는 트럭을 제때 만나길 소원한 적도 있지만 그건 기적에 가까운 일임을 이제는 안다. 야속하게도 "칼 갈아요- 칼-" 하는 그 시원한 목소리는 꼭 내가 집에 없을 때만 들려온다. 의사가 그러하듯이 대장장이도 무너진 칼을 보고 칼 잡는 이의 습관을 꿰뚫어 본다고 하던데. 한번쯤 그를 만나 내 칼에 서린 기억을 보여주고 싶다. 누구에게 무엇을 어떻게 썰어서 주었는지, 그러느라 내 손목이 얼마나 아팠는지 낱낱이 들킨 후에 그가 바로잡아준 칼을 들고 집에 온다면 잠이 잘 올 것 같은데.

나보다 나를 더 잘 아는 남에 관한 상상은 유혹적이지만, 그래도 내 칼은 내가 갈 줄 알아야 한다. 직접 칼을 갈아본 적은 한 번도 없는 주제에 이런 뿌리 깊은 믿음이 있는 건 순전히 계향의 영향이다. 내가 기억하는 한 그는 늘 칼을 직접 갈았다. 나무 도마에 행주를 한 겹 깔고 숫돌을 올린다. 그 위로 물을 아주 약하게 틀어 숫돌에 물을 먹이면 회색이었던 숫돌이 벼루처럼 검게 변한다. 칼의 안쪽, 그러니까 칼 손잡이를 기준으로 할 때 엄지가 닿는 쪽의 날은 바짝 세워서 갈고, 칼의 바깥쪽은 그보다는 눕혀서 간다. 칼날이 들썩이지 않도록 칼 배에 손가락을 단단히 고정하고 아래위로 일정하게 밀고 당긴다. 숫돌에 비해 긴 칼을 한 번에 다 만질 순 없으니 보통 세 파트로 나누어 가는데, 칼끝부터 밑동까지 고르게 잘 갈기 위해서는 매번 밀고 당긴 횟수를 잘 세어야 한다. 그가 사용하던 숫돌은 거친 면과 고운 면을 모두 가진 양면 숫돌로 거친 쪽에서 시작해 고운 쪽에서 마무리하는 게 정석이지만, 칼을 오래 방치하지 않는다면 고운 쪽만 써도 충분하다. 나는 그가 칼을 가는 모습을 가만히 지켜보는 걸 좋아했는데, 그건 칼을 잡은 그의 손가락과 손목과 팔꿈치의 각도가 흐트러지지 않는 게 하도 신기해서이기도 하고, 갈려나가는 칼이 내는 오금 저리는 소리가 나를 꼼짝 못 하게 해서이기도 하고, 칼을 다 갈고 파 한 대를 가져와 썰어보면서 씨익 웃는 그 표정이 보고 싶어서이기도 했다. 칼이 무딜수록 더 다친다는 말도 아마 그에게 배웠을 것이다.

얼마 전에 드디어 첫 숫돌을 샀다. 처음에는 대형 마트에서 구매하려고 했지만, 괜찮은 칼 한 자루를 새로 사도 충분할 만한 가격에 놀라 도시 빈민의 신세계이자 더현대이자 갤러리아인 다이소로 방향을 틀었다. 5천 원이라는 감동적인 값에 구매한 내 숫돌은 양면을 헷갈리지 않도록 색 구분이 되어 있고 미끄럼 방지 받침대도 딸려 있다. 기억 속의 담백하고 과묵한 숫돌과 비교하면 내가 초보임을 결코 잊을 수 없을 만큼 친절한 모양새다.

지독한 악몽에 시달린 어느 밤에 그 숫돌을 꺼내 칼을 네 자루 갈았다. 내 가장 깊은 두려움과 사랑을 전부 일깨우는 악랄한 꿈들이었다. 꿈속에서 나의 아프고 병든 개가 내 동생을 물어버린다. 정부에서는 사람을 무는 이 맹견에게 영원히 잠드는 주사를 놓아야 한다고 말하고, 내 동생은 붕대를 친친 감은 팔을 뒤로 숨기며 그런 사고는 일어난 적이 없다고 필사적으로 잡아뗀다. 그러나 칼을 갈면서 꿈을 곱씹으면 필시 다친다. 사랑도 상처도 잠시 잊고 다만 내가 방금 칼을 스무 번 밀었음을, 서른 번 밀었음을,

서른세 번 밀었음을 똑바로 세어야 한다. 칼날이 바로 서는 소리에 온몸에 소름이 끼친다. 살아 있다는 생각이 든다.

내가 좋아하는 한 교수님은 스트릿 출신 고양이 네 마리의 12년 차 보호자이자 봉천동에서 으뜸가는 캣맘이거든? 대학동에서 대방동에 이르기까지, 마음 아플 일이 많은 개와 고양이의 보호자들은 모두 선생님에게 한 번씩은 자문을 구했어. 보호소를 추천할 때도, 수의사를 추천할 때도, 그리고 장례사를 추천할 때도 선생님의 음색은 거의 일정한데, 그것은 질문하는 이의 두려움과 불안을 진정시키려는 배려이기도 하고, 탄생에도 병에도 죽음에도 언제나 대비가 되어 있어야 하는 사람의 강단인가 하면, 그럼에도 불구하고 다 헤아릴 수는 없는 삶의 얄궂음 앞에서의 겸손이기도 하지.

항상 알러지와 아토피에 시달리는 그에게 어떻게 그렇게 하세요, 저는 도저히 무서워서, 이렇게 물으면 그는 대답해. "아유~ 일단 들여요. 삯바느질이라도 하게 돼. 다 그렇게 돼." 그러고는 보는 사람이 다 가렵게 눈을 비비고 코를 훌쩍이는 거야. 아, 그 목소리는 얼마나 멋진지, 나는 아직도 감히 그 선생님처럼 농담해보려고 할 때가 있어. 그러게 된대, 정신 차려보면 행복하고 뚱뚱한 고양이를 만드는 사람이 된대. 그렇게, 꼭 신비를 체험한 사람처럼 말하고 싶어서.

2019. 9. 6. 〈신비를 위하여〉 중에서

사람들이 얼마나 못됐는지 알아? 지난번에는 반대편에서 걸어오던 사람 둘이 와, 저 개 좀 봐, 너무 크다, 그렇게 쑥덕거리더라고. 말하는 뉘앙스가 개를 무서워하는 뉘앙스라서, 나도 되게 티 나게 보도 옆으로 비켜선 다음 무늬를 앉히고 가만히 기다렸어. 먼저 지나가시라고. 나를 스쳐 가면서 둘이서 뭐라 그러는 줄 알아? 저것 봐, 사나우니까 딱 못 가게 막잖아. 나더러 어쩌라는 건지 모르겠어.

개 키우는 거 진짜 힘들지?

응. 뼈 빠지지. 돈도 줄줄 새고.

나 입양 생각 중인데……. 어떤 것 같애?

들여, 그냥 들여. 다 하게 돼.

●•

툭하면 나와 개를 둘러싼 세상과 사람들을 흉보다가도 누군가 나를 보고 동물과 같이 살까 생각하게 됐다고 하면 선생님에게 배운 대로 얼른 그러라고 해버리곤 한다. 아무것도 모르면서. 아무것도 책임질 수 없으면서. 하지만 그런 질문을 해오는 친구들 모두가 이 일을 훌륭히 해낼 것만 같다. 그들의 표정에 묻어 있는 절박함, 그리고 아직 만나본 적도 없는 동물을 향해 이미 생겨난 그리움이 그 증거라고 말하고 싶다. 혹은 내가 나도 모르게 아주 고약한 성미를 부리는 걸지도 모른다. 나하고 같은 고생을 하는 사람들이 세상에 많아지도록…… 다들 부추겨서……. 나를 이해하게 해버려? 내가 덜 외롭도록? 전혀 모르겠다. 나는 그저 그들이 어떤 전력을 다한 만류에도 불구하고 일을 저질러버리고 난 다음에, 그냥 동물과 함께 살게 되어버린 다음에, 이젠 돌이킬 수도 없어진 다음에, 그들을 응원했던 사람이 한 명쯤은 있었다고 기억하길 바란다.

나는 이런 것들도 모른다. 가령 동물과 함께 살기에 도덕적으로 타당한 이유가 있는지, 이기적이지 않은 이유 같은 것도 있는지. 우리는 동물에게 이런 저런 기대를 하게 마련이다. 덜 외로울 거라든가, 예쁘고 귀여울 거라든가, 따뜻할 거라든가, 조건 없는 애정을 받을 수 있을 거라든가, 나의 쓸모를 찾게 될 거라든가. 이런 기대를 가지고 동물을 입양했다는 사실을 애써 숨기는 것도 우스운 일이다. 우리가 누구와 사랑에 빠질지를 도덕에 기대 결정하지 않는 것만큼이나, 동물을 입양하는 일도 도덕에 따른 결정이 아니다.

당신은 이기적인 사람이라는 말에 반박하고 싶어서, 나는 내 개와 고양이가 하나도 예쁘지 않다든가, 보호소를 제대로 둘러보지도 않고 가장 추한 개체를 데리고 와서 살고 있는 중이라든가, 동물과 함께 살아서 누릴 수 있는 행복은 전혀 없다는 식의 거짓말을 할 수도 없는 노릇이다. 외로워서, 예뻐서 데리고 왔어도 괜찮다. 이득도 좀 누리시라. 부드럽고 여린 털 동물의 배를 쪼물딱거리며 음흉하게 웃는다거나, 작은 뱀에게 작은 모자를 씌우고 사진을 찍는다거나, 마음이 어려운 날 펑펑 울면서 멀뚱한 강아지를 끌어안는다거나(많은 전문가들이 개는 포옹과 불안정한 인간을 좋아하지 않는다고 말한다)……. 어차피 동물로부터 취하는 정서적 이득을 아득하게 상회하는 책임을 몽땅 다 당신이 질 것이다. 그 책임은 놀라울 정도로 매일 버겁겠지만, 당신은 손해 보는 장사라고 울 주제도 아닐 것이다. 이미 벌어진 일이니까.

나는 또 이런 것도 모르겠다. 동물과 함께 살기에 적합한 자격이 따로 있는지. 혹시 당신이 바로 그 동물을 키우기에 유일하게 적합하다는, 가장 부유하고 가장 선량하며 가장 시간이 많은 사람인가요? 당신에게 입양되는 동물에게 축하를 보냅니다. 그 정도로 출중한 조건을 갖춘 반려인이 있다는 것은 기쁜 일이다. 다만 절대로 동물을 길러서는 안 되는 사람을 미리 정할 수 있는지는 의문이다. 자격 없는 사람에게 입양된 동물은 불운하기만 한 걸까? 내가 주저하며 적을 수 있는 조건은 다음 정도다. 외로움을 알 것(외로운 것과 달리). 대체로 기대가 적을 것. 자신에게든, 남에게든, 무엇에든. 그리고 방에 공간이 좀 남을 것. 그러나 내가 확실하게 아는 것은 그 어떤 조건도 만족시키지 못하는 자격 미달의 사람이 동물과 함께 살게 되는 일도 자주 일어난다는 사실이다. 그들에게도 행복하고 건강할 권리가 있으며 도움이 필요하다. 세상이 허락하든 허락하지 않든, 자격 미달의 사람과 불운한 동물이 서로에게 최선을 다하며 사는 일도 세상 속에서 일어난다.

성산교회 이웃 여러분, 안녕하세요.

얼마 전부터 '무늬'라는 이름의 개와 함께 살게 된 402호

주민입니다.

인사를 올리고 싶어서 편지를 적습니다.

무늬는 여주시의 왕대리 도살장에서 죽음을 기다리다가, 작년 8월 동물권행동단체 '카라'에 구조된 개입니다. 카라의 유기 동물 보호 센터인 '더봄센터'에서 '안톤'이라는 이름으로 지내던 그를 제가 입양했습니다. 그리고 무늬라는 이름을 새로 붙여주었지요. 이 이름이 마지막 새 이름이 되게 해주려고 합니다.

제 눈에야 무늬가 마냥 강아지같이 보이지만, 무늬의 몸집이 작지 않아 무서워하는 분들도 분명 있을 줄로 압니다. 그러니 엘리베이터나 계단에서 뵙게 되면 제가 먼저 이렇게 인사를 건네겠습니다.

"안녕하세요. 개를 무서워하시나요? 피해드릴까요?"

갑작스런 인사에 당황스러워 마시고 편히 대답해주시면 됩니다. 반대로 무늬와 인사를 하고 싶거나 예뻐해주고 싶을 때에도 제게 말을 걸어주세요. 기쁜 마음으로 방법을 알려드리겠습니다.

무늬와 산책을 다니면 가끔 사람 없는 곳에서 새벽 산책 하라는 훈계나 욕설을 듣기도 합니다(물론 새벽 산책도 다니고 있습니다). 저도 산책할 때 어떤 사람도 마주치지 않는 곳만 골라서 다니고 싶은 유혹에 시달립니다. 하지만 무늬의 보호자인 제가 미리 사람들을 피해 다닌다면 저는 무늬에게 끊임없이 '사람들은 너 싫어해'라는 메시지를 보내게 됩니다. 개가 지닌 탁월한 능력 중 하나는 줄을 통해 보호자의 감정을 그대로 느낀다는 것입니다. 제가 아무도 마주치지 않으려 한다면, 무늬는 점점 더 저 이외의 인간과는 교감하지 않으려는 맹목적인 강아지가 될 수도 있습니다. 그래서 이웃 여러분에게 이렇게 인사를 청합니다. 제가 이웃 여러분과 다정히 지낼수록 무늬도 점점 건강한 개가 될 거예요.

무늬는 세 살 반이 조금 넘었습니다. 사람으로 따진다면 막 중년에 접어들었다고 할 수 있습니다. 강아지에 비하면 에너지가 많지 않습니다. 잠을 좋아하고 말수가 적어요. 벽지나 장판을 물고 뜯는 일에도 전혀 관심이 없습니다. 그러나 사람과 함께 사는 일에 있어서 무늬는 아직 어린이입니다. 새로운 규칙과 습관을 더디게 배우고 있어요. 대소변 실수도 종종 하고, 규칙이 있는 산책도 어려워합니다. 최소한 한 달은 저와 같이 사는 데 적응하는 시간이 필요할 것 같습니다. 저도 매일 매일 공부하고 있습니다.

어젯밤 제가 쓰레기를 버리러 나간 사이 무늬가 저를 찾으며 크게 짖었습니다. 야심한 시각이라 놀라신 분들이 있었을 것 같아 깊이 사과드립니다. 저도 어제 무늬의 목소리를 처음 들어보았어요. 무늬가 그렇게 우렁찬 소리도 낼 수 있는지 몰랐습니다. 무늬가 저와 처음으로 산책을 나가던 날에는 1층 자동문을 나서는 순간 주차장 바닥에 오줌을 쌌습니다. 오줌은 락스 세제와 솔로 닦아낸 다음, 물청소를 하고 살균수를 뿌려 마무리해두었습니다. 청소에 미흡한 부분이 있다면 말씀해주세요.

짖음이나 위생 문제 등 어떤 불편이라도 말씀하고 싶으시다면 제게 바로 연락 부탁드립니다. 무늬가 배워가는 과정에 있음을 너그러이 양해해주신다면 감사하겠지만, 여러분의 보금자리에서 불편을 참고 견디셔야 한다면 부당한 일이기도 할 것입니다. 그러니 전화나 문자로 꾸짖으셔도 괜찮습니다. 제가 없을 때 무늬가 짖는지, 언제 얼마만큼 짖는지 알려주시면 저에게도 큰 도움이 됩니다. 다만 무늬와 저의 얼굴을 직접 보게 되었을 때는 너무 다그치지 말아주세요. 개는 행동과 그 행동에 대한 칭찬·처벌 사이의 시간이 길어질수록 인과를 찾기 힘들어합니다. 어제 짖은 것으로 오늘 혼나고 있다는 것을 이해할 수 없는 것이지요. 다행히도 저는 인과를 이해할 수 있습니다. 그러니 저를 따로 혼내시면 제가 잘 교육시키겠습니다.

숱한 죽음을 목격해온 무늬에게 제대로 사랑하는 법을

알려주고 싶습니다. 그러기 위해서는 저에게서뿐만 아니라 이곳저곳에서 만나는 사람들로부터 '호의'라는 게 무엇인지 경험하는 과정이 필요합니다. 그래서 조심스럽게 제안을 드려봅니다. 혹시 여유가 되신다면, 저와 무늬에게 잠깐 시간을 내어주실 수 있을까요? 저의 집에서 차 한잔을 대접하는 약속을 잡을 수도 있고, 저희가 댁에 찾아가 현관문 앞에서 반갑게 인사하고 선물을 드리고 와도 좋을 것 같습니다. 초대를 허락할 이웃분이 계시다면 아래 적힌 번호로 제게 문자 주세요.

긴 편지를 읽어주셔서 감사합니다.

편안한 하루 되세요.

2022년 5월 29일

402호에서,

안담 드림.

연락처: 010-××××-××××

아직까지 어떤 이웃에게서도 만나자는 연락이 온 적은 없다. 내가 부득이하게 긴 외출을 하는 바람에 무늬가 유독 많이 울던 날, 딱 한 번 무늬의 상태를 걱정하는 이웃의 전화를 받은 적은 있다. 정중하고 사려 깊은 전화였다. 하지만 아무리 나긋한 전화라고 해도 안 오는 전화가 오는 전화보다 반갑다. 개와 함께 사는 이웃이 개와 함께 살지 않는 이웃보다 더 환영받는 경우는 아직까지 본 적이 없다. 601호 아주머니는 무늬를 마주치면 뒤로 넘어갈 정도로 기겁하신다. 반 층에서 한 층 거리 내에 무늬의 낌새만 느껴져도 앓는 소리를 내신 적이 여러 번이다. 502호는 고양이를 기르는 것으로 알고 있다. 주인집인 옆집은 무늬에게 큰 관심이 없다. 나는 가끔 이 건물에 나 말고도 개를 기르는 이웃이 있었으면 좋겠다고 생각한다. 그럼 좀 덜 눈치가 보일 텐데. 가끔은 무늬가 운 게 아니라고 시치미 뗄 수도 있고 말이다.

나와 친밀하면서 동물과 함께 사는 이웃으로는 유리가 있다. 유리의 옷에도 나의 옷에도 언제나 털이 붙어 있다. 나는 개를 기르고, 유리는 기니피그를 기른다. 유리는 티라미수와 인절미라는 기니피그를 기르다가 작년에 티라미수를 떠나보냈고, 이제는 투병 중인 인절미를 살려놓는 데 전력을 다하고 있다. 우리가 사랑하는 동물들은 절대로 서로 친해질 수 없다. 포유류고 잡식성이라는 공통점을 제외하면 무늬와 인절미는 결코 어울리지 않는 한 쌍이다. 무늬가 냄새를 맡으려고 한 발짝만 다가가도 인절미는 스트레스로 빵빵하게 부풀어 오를 것이다.

무늬는 나의 약점이고 인절미는 유리의 약점이다. 무늬와 인절미 때문에 우리는 좀처럼 만나고 싶은 만큼 만날 수 없다. 무늬가 오기 전 유리와 가까이 살 때처럼 맛있는 음식을 서로의 문 앞에 두고 갈 수도 없고, 집안 대소사를 도우러 오가기도 어렵다. 밤늦게까지 술을 마신 다음 어깨동무를 한 채 낭창낭창 몸을 흔들며 밤거리를 걷는 일도 요원하다. 무늬는 밥을 기다리고 인절미는 간병을 기다리니까. 사람끼리 얼마나 반갑든 우리는 자정 전에는 각자의 집으로 돌아가야 한다. 무늬와 인절미가 이렇게까지 다른 동물이 아니었다면 유리와 나는 좀 더 자주 만나게 됐을까?

그래도 우리는 자주 무늬와 인절미의 공통점을 이야기한다. 가령 그들이 원하는 게 있을 때 정확하게 우리의 얼굴을 본다는 사실의 신기함에 대하여. 무늬는 다른 인간의 눈은 피하지만 내 얼굴만큼은 뚫어져라 쳐다본다. 간식을 기다리거나 산책을 나가고 싶을 때, 쓰다듬어주었으면 할 때, 무늬는 목을 길게 빼고 주둥이를 높이 쳐들고는 고운 갈색 눈동자로 내 눈을 그윽하게 응시한다. 꼬리를 살랑살랑 흔들면서. 그러면 다음 순간 나는 무늬가 원하는 것을 들어주고야 만다. 인절미도 마찬가지다. 유리의 복숭아뼈까지도 오지 않는 키로도, 인절미는 원하는 게 있으면 고개를 들어서 유리의 얼굴을 올려다보기 위해 안간힘을 쓴다. 더 가까이에 있는 발을 날카로운 이빨로 콱 물어버릴 수도 있을 텐데 그렇게는 하지 않는다. 이 거대한 생명체의 마음을 움직이기 위해서, 그의 신체 꼭대기에 있는 동굴, 휙휙 움직이는 여린 구 한 쌍이 들어앉아 있는 그 동굴을 응시해야 한다는 걸 인절미는 이해하고 있는 것이다. 어릴 적에 안영빈은 내게 얼굴이 얼굴인 이유는 얼이 사는 굴이라서 그렇다고 설명해주었었다. 나의 개와 너의 쥐는 안다. 얼을 차리게 할래도, 얼이 빠지게끔 할래도, 얼을 간직할래도 우리의 얼굴을 보아야 한다는 걸 안다.

유리와 친하게 지낸 지 2년이 넘어가는데도 나는 아직 기니피그 돌보기의 외로움을 모른다. 기니피그는 어렵다. 개와는 다르게 만지면 만지는 대로 변형될 것 같아서 무섭다. 새끼손톱만큼의 차이, 라는 말은 아마 기니피그의 세계에서는 어마어마한 차이를 이르는 표현일 것이다.

요즘 인절미는 꼭 아가처럼 예쁘다. 유리에 따르면 매일같이 정성을 다해 돌봐줘서 그렇게 예뻐졌다고 한다. 영양 죽도 잘 먹고, 물도 잘 먹고. 몸의 부분부분이 아프고 고장 났어도, 전체로서의 인절미는 악착같이 건강해지고 있다. 살겠냐고 물었을 때 인절미가 온몸을 다해 살겠다고 표현했으므로, 유리로서도 인절미를 살리기 위해 최선을 다할 수밖에 없었다고 한다. 인절미는 유리를 보며 울었다고 한다. 눈이 글썽글썽했다고 한다. 흰자위가 안 보이는 검은색 동그라미 두 개, 맨날 똑같은 그 눈, 그 눈이 울고 있다는 걸 그때는 느낄 수 있었다고 한다.

인절미가 얼마나 똑똑한지 알아? 건초가 먹고 싶으면 건초 통을 건드리고, 물이나 영양 죽이 먹고 싶으면 주사기를 건드려. 최근에는 사과맛 영양 죽을 보통 맛으로 바꿨더니 안 먹으려고 해. 편식하는 거어이없어. 애기 입맛.

너는 이다음에도 동물이랑 같이 살고 싶어?

아니, 절대로……. 다시는.

아니, 절대로, 다시는. 담담한 유리의 얼굴을 보면서 티라미수를 떠올렸다. 그날 유리는 자고 일어났더니 티라미수가 죽었다고, 잠들지 말 걸 그랬다고 했었는데. 티라미수는 "아름답고 지혜로우"•므로 이미 알았을 것이다. 잠들지 않는 것쯤 유리에게 어려운 일도 아니라는 것. 잠드는 게 더 어려워서 자신의 체구가 감당할 수 있는 한계치까지 약을 먹고 있다는 것.

유리에게 티라미수가 죽었다는 연락을 받았을 때 나는 송과 장어를 먹고 있었다. 장어를 먹고 있지 않았으면 좋았겠다고 생각했다. 갑자기 장어가 너무 큰 동물로 느껴졌다. 유리의 목소리는 미약하고 차분했다. 넋이 나간 사람의 목소리처럼 들렸다.

현행법상으로는 같이 살던 동물의 장례를 치러줄 방법이 마땅치 않다. 땅에 묻어주는 것은 불법이고, 종량제 봉투에 담아 내놓는 것은 합법이다. 민간 화장터도 서울 내에는 없다. 겨우겨우 소동물 장례도

• 한유리, 《눈물에는 체력이 녹아있어》, 중앙북스, 2022, 5쪽.

치러준다는 화장터를 경기도에서 찾아 픽업 서비스를 예약해놓고 유리가 사는 동네로 향했다. 유리의 집으로 가기 전에 그 동네에서 갈 수 있는 꽃집을 모두 돌았다. 내가 지어낸 의례에 따르면 작은 동물이 죽었을 때에는 꽃이, 많은 꽃이 필요하다.

2020년에 한번 새끼 길고양이의 장례를 치러준 적이 있었다. 우리 집 근처에서 살던 길고양이 가족 중 가장 작고 약한 새끼 고양이였다. 폭우가 오던 날, 우리 집 대문 앞에서 말린 낙엽 같은 모습으로 그는 죽어 있었다. 이틀에 한 번 죽은 길고양이들을 모아 화장을 해준다는 24시 동물병원에 전화를 걸고 사정을 설명했다. 그 다음 고양이를 데리러 갔다. 손으로 건지면 바스라질까 봐 주인집에서 빌린 삽으로 그의 몸을 떠 올려서 박스에 넣었다. 박스를 들자 전신에 소름이 끼쳤다. 박스가 너무나도 가벼웠기 때문이다. 되는대로 집에 말려두었던 장미 꽃잎을 박스 안에 채워 넣었다. 여전히 가벼워. 생화였다면 좀 더 무게를 더할 수 있었을 텐데. 어떻게 해도 지나치게 가벼운, 임시의 관을 담요로 싸서 안아 들고 동물병원으로 갔다. 동물병원에서 어떻게 오셨어요? 묻자마자 꺼이꺼이 울었다. 이름도 모르는 고양이를 위해 울다니, 너무 감상적이고 진부하고 자아도취적인 처사가 아닌지 생각하며 정신을 차리려고 해봐도 입에서는 커다란 소리가 나고 눈에서는 짠물이 흘렀다. 왜 그렇게 울었는지 아직도 잘 모르겠다. 조금은 무서워서였던 것 같다. 죽은 아기가 징그럽고 무서워서. 징그럽고 무섭다는 것이 미안해서.

아기 고양이가 죽은 그 거리에서는 쥐들도 많이 죽었다. 나는 한 번도 그 쥐들을 위해서 시간과 마음을 써본 적은 없었다. 어떤 글에는 그렇게 적기도 했다. 톰은 몰라도, 제리에게 쓸 종이 박스와 말린 장미 같은 것은 내게 없다고. 그저 쥐가 많이 보이지 않는 동네로 이사를 가고 싶을 뿐이라고.

내가 아는 쥐 티라미수를 위해, 내가 사랑하는 이가 사랑하는 쥐 티라미수를 위해 꽃을 사러 가면서 그 고양이를 떠올렸다. 마른 장미를 넣어주었던 것이 두고두고 한이 되었으므로, 이번에는 물기 머금은 생화를 잔뜩 사리라. 유리가 박스를 들어 올릴 때에는 너무 가볍다고는 느끼지 말아야 하리라. 그런 일은 없어야 하리라.

요즘 인절미는 꼭 아가처럼 예쁘고, 나는 웬 모르는 쥐들의 영상을 챙겨 본다.

아니, 절대로, 다시는. 입양을 고민하던 친구에게 그렇게 말할 수 있었다면 더 좋았을까? 나보다 오래 동물을 키운 유리와 좀 더 시간을 보내게 된 다음이었다면. 유리에게 더 배운 다음이었다면 더 잘 대답할 수도 있었을 텐데. 친구가 다시 한 번만 물어봐준다면…….

참, 이야기 속에서는 시간을 돌릴 수 있다.

다시 친구는 내게 묻는다.

나 입양 생각 중인데……. 넌 어떤 것 같애?

어떠냐면 있잖아. '다 하게 돼'와 '아니, 절대로…… 다시는'의 사이를 영원처럼 진동하는 찰나. 나는 둘을 동시에 말하려는 중이다. 선형적 시간의 세계에 사는 인간의 발성기관으로는 불가능한 일. 누군가에게는 내가 지금 말을 더듬는 것처럼 보일지도 모른다. 친구의 표정이 초조해진다. 너에게 그냥 이 진동이 들린다면 좋을 텐데. 너에게 이 이야기를 다 들려줄 수 있다면 좋을 텐데.

비범치 못하게도 나의 꿈은 요절이었다. 소위 '장래 희망'이란 게 있던 유년 시절을 지나, 갈기 전의 먹보다도 검고 단단한 어둠을 가슴에 품고 다니던 10대 후반에서 20대 초반까지 그랬다. 끝내주는 뭔가를 이루고 얼른 죽어버려야지. 모두가 그리워하도록. 살아생전의 나와 같은 영혼을 가진 극성 팬이 한 달에 한 번은 내 무덤을 찾아올 것이다. 그는 내 비석 위로 엎어져서 돌아오라고, 돌아와서 어서 두 번째 예술을 하라고 흐느낄 테지……. 아무튼 누군가 울어줄 가치가 있는 작품을 남기고 피부가 아직 맑을 때 죽자. 하지만 무슨 작품을? 글쎄, 뭐가 됐든. 글도 좋고, 음악이면 더 좋고. 요절 전에 하고 싶은 예술의 장르가 뭔지도, 그런 경지의 예술까지 도달할 방편도 전혀 모르는 상태에서, 그저 내가 하기로 운명 지어진 예술의 '끝내줌' 그 자체만을 그려보고 감탄하느라 많은 시간을 흘려보냈다. 그러다가 확실하게 요절할 수 있는 나이를 놓쳤다. 정신 차려보니까 몇 살까지를 요절이라고 볼 수 있는지 진지하게 따져보는 비굴한 성인이 되어 있었다.

이제는 시트콤에서 "DO JUST IT" 같은 표어를 보면 너무 좋아서 메모를 해놓는 어른이 되었다. 애니메이션 시트콤 〈보잭 홀스맨(BoJack Horseman)〉에서 한 엑스트라 캐릭터가 입은 티셔츠에 적혀 있던 문구다. Do just it. 이것만 딱 하자. 이 간신한 느낌이 좋다. 한 입만 먹이려는 엄마 같다. 이끼가 좋아하는 말은 "되면 한다"이다. 두 표어의 영혼은 거의 같다. 되면-한다-사람과 do-just-it-사람들의 나라에 어서 오세요. 이끼는 이 나라를 관대하고 너른 마음의 나라라고 불렀다. 그러나 애석하게도 타고난 품성이 넉넉하고 관대한 사람은 이 나라에 입장이 불가하다. 이 나라는 많은 잘못을 이미 했고, 그러다가 지친 나머지 타인에게도 관대해진 사람들의 나라다. 이 나라의 국민들은 일찍이 요절을 포기하고 이후로는 자살당하지만 말자는 방향으로 인생의 진로를 수정했다. 그들은 때때로 녹황색 야채 주스를 마셔보는 것으로 오늘은 이만하면 됐다고 생각하며 다음 날의 루틴을 위협할 만큼 긴 낮잠을 잔다.

하고 죽자의 나라에서 되면 한다의 나라로 이주를 하면서 꿈도 새로이 가지게 됐다. 새 나라에서 나는 이런 사람이 되고 싶었다. 매일 하는 일이 있는 사람. 밥 먹듯이 하루도 빼놓지 않고, 기분과 날씨에 상관

없이 지켜내는 약속이 있는 사람. 약 8년 전부터 가졌던 오래된 꿈이다. 여러 번 시도했지만 매번 실패했다. 요가도, 명상도, 달리기도, 일기 쓰기도.

드디어 그 꿈을 이루게 되었다고 말하기 위해서 이 글을 쓴다. 거리낌 없이 매일 한다고 대답할 수 있는 일이 생겼다고 자랑하고 싶다. 내가 매일 하는 일은 무늬와 걷고 뛰기다. 가장 자주 하는 일로 자기소개를 해야 한다면 나는 개 산책하는 사람이다. 이 이름은 정확하다. 언젠가 무늬를 두고 내 꿈속의 개 같다고 말한 적이 있다. 친구가 찍어준 사진 속의 무늬가 너무 예뻤기 때문이다. 그런데 사실 그 표현은 정확하지 않다. 이렇게 말해야 정확하다. 무늬는 꿈을 이루어주는 개다.

내 뒤에서 무늬가 몸을 말고 잠을 잔다. 나를 기다리고 있다는 표현이다. 작정하고 잠을 자는 강아지들은 몸을 말고 자지 않는다. 딱히 아무도 놀아주지 않으니까 시간이 떠서 잘 때, 불만을 품은 채로 잘 때, 내 옆에 있고 싶다는 이유로 굳이 불편한 자리에서 잘 때, 그럴 때 몸을 말고 잔다. 무늬가 쌕쌕 숨을 쉬는 소리는 때로 째깍째깍 하는 시계 소리처럼 들린다. 그 시간이 다가오고 있다. 바깥에는 의심의 여지 없이 폭우가 온다. 그러든지 말든지 나는 곧 저 비바람 속으로 나서야 한다. 왜냐하면 무늬가 똥오줌을 싸야 하기 때문이다.

어느 날은 산책을 하다가 불현듯 내가 하루 중 제일 많이 하는 생각이 똥 생각이라는 사실을 깨달았다. 진지하게 따져봤을 때, 매일 가장 신경 쓰는 일, 매일 심혈을 기울여서 하는 일로 나를 규정한다면, 나는…… 똥을 만드는 사람이다. 무늬의 똥을 만드는 사람. 무늬의 똥은 정교한 제작 기획의 산물이다. 장이 약한 무늬에게 과연 무엇과 무엇을 어떤 비율로 조합해 먹여야 바로 그 굳기, 바로 그 질감, 바로 그 모양의 똥을 싸게 할 수 있는가? 수많은 레시피가 고안되고 또한 폐기되었다. 이 레시피에 따라 만들어진 결과물은 스물네 시간 후에야 확인할 수 있다. 현재 정착한 무늬 맞춤 레시피가 얼마나 자랑스러운지 모른다. 이 이야기를 다 듣더니 이끼는 이렇게 말했다. "그러니까 무늬는 일종의 오븐이군요."

무늬를 처음 입양했을 때 나는 나를 무늬의 친구라고 부르겠다고 선언했었다. 엄마나 누나 같은 친족 관계 호칭을 쓰고 싶지 않았기 때문이다. "친족보다 친구가 되는 일이 더 견고한 맹세라고 주장해보

자. 피보다 진한 물의 증인이 되자." 개를 데려오기만 했지 개를 키우는 일은 조금도 모르던 시절에 나는 그렇게 썼다. 나의 오랜 친구들은 나의 새 친구를 향해 진심 어린 환대를 보내주었고, 그 선언의 정치성과 의미도 깊이 이해해주었다.

요즘은 친구들도 나를 그냥 무늬 애미라고 부른다. 그게 사실이기 때문이다. 사실 나도 그 이름이 아주 마음에 든다. 거울을 보면 내게도 보인다. 내 얼굴에 드리운 짙은 애미의 표정이 보인다.

무늬와 함께 살기 시작하고 나흘 동안 단 한 번도 울지 않았다. 잘도 참다가, 딱 나흘째에 욕실 앞 매트에 주저앉아 엉엉 울었다. 털쟁이 룸메이트가 부리나케 나를 쫓아왔다. 오열로 흔들리는 내 몸에 자기 엉덩이를 붙이고 소파에서 자던 잠을 이어 잤다. 현명한 개가 인간의 젖은 얼굴을 핥아주거나 하는 마법 같은 일은 일어나지 않았다. 무늬는 벌써 나를 사랑하고 있었다. 그는 나와 떨어져야 하는 시간도 있다는 사실을 전혀 받아들이지 않았고, 내가 보이지 않아서 불안하고 혼란스러워지면 오줌을 쌌다. 가지고 싶은 무언가, 가지고 싶은데 금방이라도 세상에 빼앗길 듯한 무언가에는 꼭 자기 흔적을 남기고 싶어 했다. 가령 나에게, 또는 이 집에. 그러고도 이렇게 잠을 자다니. 방금은 집주인 댁 현관 앞에 시원하게 오줌을 갈겼으면서. 우리 쫓겨날수도 있어, 인간들의 집에는 주인이란 게 있단 말이야, 말해도 보살처럼 무구한 얼굴이었다.

오랫동안 기니피그를 키운 유리에게 전화를 걸었다. 너 이거 어떻게 혼자 했어? 많이 못 도와줘서 미안해. 그다음엔 이웃인 이끼에게도 전화를 걸었다. 이끼가 말했던 어떤 외로움의 경험이든, 내가 알 것 같다고 말한 적이 있다면 미안해. 그렇게 우는소리를 하자마자, 친구들은 아주 태연하게 무늬가 중심인 나의 삶을 중심으로 자신들의 삶을 조금씩 옮겨주었다. 담이 보고 싶은데, 이제 무늬가 있어? 그럼 내가 너네 집으로 가야지. 담이랑 연극하고 싶은데, 무늬가 있어? 그럼 무늬랑 같이 공연해야지. 실로 놀라운 유연성과 상상력이었다. 좀 머쓱할 지경이었다.

●•

〈2022 코미디 캠프: 파워게임〉은 그런 태연자약한 상상력의 결과물이다. 개와 함께 무대에 오를 수 있을까? 그럴 수 있다. 이런 질문에 해봐서 안다고 대답하기는 참 어려울 텐데, 공교롭게도 나는 해봐서 안다. 1. 담이가 무늬 때문에 못 나오니까 줌으로 공연을 할까? 2. 연습실만이라도 같이 출근할까? 3. 아예 그냥 무대에 같이 올라갈까? 이것이 약 2주 만에 일어난 변화의 단계다.

그 모든 배려에도 불구하고 개와 함께 공연을 하는 일은 어려웠다. 개와 함께 사는 일이 차라리 쉽다고 느낄 정도로 어려웠다. 우선은 공연 콘텐츠 차원에서 큰 문제가 있었다. 당시 내가 할 수 있는 건 개 얘기밖에 없었다. 이번 코미디 캠프의 주제어는 '파워게임'이었는데, 나는 나에게 그 어떤 파워도 없다고 느꼈다. 기존의 나를 이루던 유머는 현재로서는 모두 무늬의 똥과 오줌, 침, 털에 잠식당한 상태였다. 나는 정 할 말이 없으면 "우리 개는 파워개임" 같은 농담을 해서라도 공연을 하겠다고 말했다.

한 달 뒤에, 나는 정말로 개와 함께 무대에 올라갔다. "우리 개는 파워개임"은, 내가 무대에서 가장 첫 번째로 한 말이다. 그리고 내가 무대에서 두 번째로 한 말은 다음과 같다.

> 네, 제가 개를 키워요.
>
> 이름은 무늬입니다. 무늬는 오늘 제가 공연을 하는 동안 옆에 같이 있을 건데요. 무늬가 개모차 안에 얌전히

있어주면 참 좋겠는데 제가 아무리 생각을 해봐도 솔직히 무늬한테 그래줘야 되는 의무가 1도 없거든요. 매일 극장으로 출근을 하면서 생각을 한번 해봐요. 무늬는 우리가 지금 뭘 하고 있다고 생각할까? 어떤 시간이 되면 이 공간이 새로운 얼굴들로 꽉 차고, 그때부터 자긴 조용히 가만히 있어야 된다는 거예요. 무늬한테는 이게 좀 말도 안 되는 상황일 수도 있어요.

(…)

여러분과 저의 이런 각고의 노력에도 불구하고, 무늬가 불안해할 수도 있습니다. 그러면 제가 이제 무늬를 나오게 할 거예요. 그때부터는 운명에 맡기는 거예요. 저도 어떻게 될지 몰라요. 지금부터 한번 운명을 맞이하러 가보겠습니다.

개를 키우고 나서 아무것도 할 수 없는 여자의 이야기를 들어보신 적 있으신가요? 제 얘긴 아니고 그런 여자가 있다고 하네요…….

아무것도 할 수 없는 여자의 이야기를 들려드리겠다고, 관객에게 나는 매번 약속했다. 그러면서도 그 이야기 속에서는 내가 뭐든지 할 수 있기를 바랐다. 개에게 휘둘리고 있는 여자의 이야기로 무대를 휘두르고 싶었다. 무늬가 주인공인 삶의 이야기를 하면서 내가 무대의 주인공이기를 바랐다. 그것은 좌절이 예비된 욕심이었다. 어쩌면 진정한 공연을 위해서는 반드시 꺾였어야만 하는 욕심. '공연의 본령'을 잊은 욕심.

이끼는 내가 아는 한 실패와 공연에 관한 가장 아름다운 글을 쓰는 작가 중 한 명이다. 이끼는 다음과 같은 명쾌한 인용으로 내게 공연의 본령이 무엇인지 일러준 적이 있다. 안드레 레페키(André Lepecki)라는 공연예술 연구가의 말이라고 한다.

> 프레드 모튼과 스테파노 하니는 썼다. "어떤 이들은 사물을 다스리려 하지만, 사물들은 달아나고 싶어 한다."•

무늬는 내가 무대 구석에 숨어서 울며 "무대에서만이라도 혼자 있고 싶었는데!"라고 외치는 딱 그 타

• Stefano Harney and Fred Moten, 《The Undercommons: Fugitive Planning & Black Study》(New York; Minor Compositions, 2013), p.51.
André Lepecki, 《Singularities: Dance in the age of performance》(London; New York; Routledge, 2016), p. 29에서 재인용. 번역은 이끼.

이밍에 짖기도 하고, 내 주위를 빙빙 돌면서 내 몸을 리드줄로 꽁꽁 묶어버리기도 했다. 그럼 나는 그 줄을 풀기 위해 다시 반대 방향으로 돌면서 공연을 이어가야 했다. 이 꼬리잡기. 그런 불확정성의 재미, 불가능성의 재미, 실패의 재미를 스스로 재미로 받아들이기만 한다면, 이 공연은 성공할 텐데. 그걸 머리로는 다 알면서도 나는 무대에서 무늬의 의지와 싸웠다. 내가 준비해 온 이야기를 다 하고 싶어서, 내가 만든 농담을 다 들려주고 싶어서 싸웠다. 무늬가 내 삶의 주인공이라고 말해놓고, 무대에서는 그를 얄미운 방해자로 생각했다. 그렇게 한 구다리가 망한다. 어떻게든 성공하려고 했다는 바로 그 이유로.

실로 복종하는 연습이었다. 공연의 공연성에 복종하는 연습. 공연을 나와 다르게 이해하는 타종의 배우에게 복종하는 연습. 정말로 무릎을 꿇을 수 있어? 정말로 주인공 되기를 포기할 수 있어? 네가 추종한다는 실패의 미학, 바로 지금 상연할 수 있어? 수시로, 실시로, 매번 빼놓지 않고, 무늬에게 복종할 수 있어? 공연은 나에게 그렇게 물었다.

5회 차였던가? 무늬는 갑자기 무대에서 뛰쳐나간 다음 나를 향해 짖고 또 짖었다. 처음 있는 일이었다. 내가 가장 잘 만들었다고 생각하는 농담의 한가운데를 지나던 시점이었다. 무늬가 무엇을 원하는지 바로 알 수 있었다. 무늬는 내게 멈춤을 요구하고 있었다. 완전한 멈춤. 공연자에게 허락되지 않는 단 하나의 일을 그가 내게 요청한다. 쇼는 끝나야 한다(Show must go off). 자신을 향한 분산되지 않은 집중을, 눈속임 없는 사랑의 순간을. 만약 내가 조금이라도 기만하려 든다면 그는 알아챌 것이다. 공연을 이어나가기 위해서 잠시만 어르고 마는 일을 용납하지 않을 것이다.

그래서 나는 멈추었다. 공연을 멈추었다. 마이크를 내려놓고 무대 바닥에 앉았다. 내가 멈추자 드디어 무늬도 멈추었다. 무늬는 내게 다가와 안겼다. 무늬의 등과 턱, 배를 천천히 쓸면서 그의 눈을 바라보았다. 혼내듯이 똑바로 쳐다보지 않고, 내려다보듯 또는 비껴서 보듯이, 눈동자의 면적을 줄여서 부드럽고 편안하게. 그가 좋아하는 시선과 소리를 주고, 그가 내 다리 사이까지 들어와 앉을 수 있도록 공간을 만들어주었다. 무늬는 고개를 푹 숙인 채 내게 주문했던 사랑을 받아들였다. 내가 이전에 무슨 이야기를 하고 있었는지 아무도 기억할 수 없을 것이다. 중요하지 않은 이야기였으니까. 무늬의 이 아찔한 살아 있음에 비하면.

처음으로 성공했다는 걸 알 수 있었다. 실패하는 데에. 무늬를 위해 공연을 망치고 중단하는 데에. 무늬 앞에 무릎 꿇는 일에. 관객들에게 미리 예고하고 양해를 구했던 일이었지만, 구하지 않았다 해도 어쩔 도리가 없었을 것이다. 객석은 곧 폭발할 것처럼 조용했다. 그 침묵으로 하여금 관객은 우리에게 어떤 허락을 주려고 하고 있었다. 둘이 있어도 돼요. 무대는 불가능의 장소이니까요. 무대에서 당신은 이야기를 잃고, 대신 무늬와 영원히 포옹하지요.

공연이 잘됐는지 아닌지는 커튼콜을 마친 배우를 관찰하면 알 수 있다. 목욕이라도 마친 듯 개운한 얼굴로 극장을 뛰쳐나가 관객들과 인사하고 싶어 하는 배우가 있다면 그는 그날 아주 잘한 것이다. 조용히 분장실로 사라지는 배우라면 끝까지 혼자 두는 편이 좋다. 수고했다고는 절대 말하지 말기로 하자. 배우의 악몽이니까.

그날은 영 마음을 정할 수가 없었다. 내가 관객을 만나고 싶나? 그들의 얼굴을 보고 싶나? 극장 안과 밖의 경계에서 망설이고 있으니까, 지인이며 관객들이 내 쪽으로 다가와 잘 봤다고 인사를 했다. 모두의 표정에 따뜻한 안쓰러움이 묻어 있었다. 우리가 방금 아주 중요한 순간을 함께 경험했다는 사실은 분명하다. 그러나 그 시간이 좋았을까?

손님들을 다 보낸 후에, 문드러진 마음으로 극장 계단에 털썩 앉았다. 문제의 강아지 배우가 나를 쫓아와 바짝 엉덩이를 붙이고 앉았다. 살랑살랑 흔들리는 꼬리가 계단 턱을 짚고 있는 내 손을 툭- 툭- 건드렸다. 더없이 편안한 표정이었다. 무늬, 좋았어? 네 마음대로 되어서. 내가 네 마음 알아주어서 좋았어? 그랬으면 됐어.

그렇게 말했지만 내게도 한낱 희망이 필요했다. 연극을 굳이 보러 오는 사람 중에서는 바로 이런 일을 좋아하는 사람도 있을지 모른다. 아주 변태적인 취향의 관객. 배우가 취약해지는 순간, 배우가 자신의 의도를 결코 달성하지 못하게 되는, 사실상 공연자가 아니게 되는 순간까지를 보기 위해 극장을 찾는 관객. 그 관객이라면 오늘 어떤 진실을 목격했다고 느낄지도 모른다. 그렇게 위안하면서 줄담배를 피웠다. 같은 배우이자 흡연자인 선희 언니가 옆에 서서 조용히 말을 걸었다. 그 소리가 꼭 자장가같이 달콤했다. 아름다웠어, 담아. 정말 아름다웠어…….

다시 한번,

> 프레드 모튼과 스테파노 하니는 썼다. "어떤 이들은 사물을 다스리려 하지만, 사물들은 달아나고 싶어 한다."

사물들이 달아나고 싶어 할 수 있으려면 아마도 사물들은 아는 게 아닐까? 어디로 달아나고 싶은지를? 달아나고 싶으려면 사물들은 자신들에 관하여 알고 있는 게 있어야 하는 게 아닐까? 최소한 달아나고 싶다는 것 정도는 알아야 하지 않을까?

사물들까지는 잘 모르겠지만 동물의 경우라면, 좀 더 겸손하게는 어떤 특정한 개 무늬의 경우라면, 나는 그가 자신에 관하여 무엇을 알고 있다고 말할 수 있다.

무늬도 처음에는 잘 몰랐다. 그는 생의 대부분을 철창에서 보냈으니까. 아무것도 할 수 없어서 그는 아무것도 알 수 없었다. 그러나 나와 나의 집이라는 환경과 조건하에서 무늬는 다음과 같은 사실을 차근차근 알아냈다. 자신은 비가 많이 올 때에는 그다지 산책하고 싶지 않다는 사실. 입이 아니라 앞발을 써서 할 수 있는 일이 있다는 사실. 자신에게 목소리가 있다는 사실. 으르렁거리거나, 짖거나, 낑낑대거나, 엉엉 울 수 있다는 사실. 그런 소리들을 써서 의사를 표현하면 담이가 굉장히 즉각적으로 반응한다는 사실. 몸이 아플 때에는 밥을 먹고 싶지 않고, 다만 같이 사는 사람에게 최대한 몸을 많이 붙이고 있고 싶다는 사실. 그 상태로 한숨 자면 몸이 한결 나아진다는 사실. 그는 언제 이걸 다 알게 됐을까? 그가 아는 순간을 알 수 있다면 좋겠다. 내가 분명히 아는 것은 무늬는 나날이 자신에 관하여 해박해지고 있다는 사실뿐이다.

나의 꿈은 여전히 매일 하는 일이 있는 사람이다. 다만 매일 하는 일의 목록에 한 줄을 추가하고 싶다. 나날이 자신에 관하여 해박해지는 무늬에 관하여 해박해지는 일. 무늬는 자신에 관하여 매일 새로운 사실을 하나씩 알아내고 있으므로, 그의 곁에 있는 한 나는 매일 꿈을 이루며 살 수 있다. 공연은 좀 멈춰야 하겠지만.

피부가 벗겨질 것처럼 외로운 날엔 인터넷에서 다다가 쓴 기사를 검색해본다. 다다는 7년차 기자다. 그는 주말도 없이 매일 두세 개의 기사를 써내는 삶을 7년이나 살았다. 그렇게 쌓인 기사가 못해도 4천 개가량 된다. 다 햄버거를 먹으면서 써온 글이라고 다다는 말하곤 했다. 가끔 내가 궁금해지잖아? 그럼 내가 쓴 기사를 찾아봐. 거기 시각이 나오니까…… 적어도 언제 뭘 썼는지 알 수 있어. 우리가 n번째 헤어졌을 때 다다는 눈물을 뚝뚝 흘리면서 이런 팁을 주었다. 그게 무슨 이별의 묘수라도 되는 것처럼.

그런 게 궁금할 리가? 내가 보고 싶은지, 아직 날 사랑하는지, 그런 걸 기사로 써줄 것도 아니면서. 당시에는 따박따박 따지고 싶었는데 분하게도 그 팁은 다소간 도움이 된다. 지금 내 님은 무슨 생각을 하시려나? 오전 11시 28분경 홍준표의 소수자·다수자 갈라 치기 발언을 생각하고 있었던 것으로 확인됨. 저녁 6시 55분경 군사망규명위 서류 조작 의혹을 제기한 《조선일보》 사설에 대해 서울중앙지법이 내린 삭제 판결을 생각하고 있었던 것으로 확인됨.

다다가 정의한바, 다다는 나쁜 소식을 전달하는 일을 업으로 삼고 있으므로 자연스럽게 나도 정치계의 나쁜 소식과 다다를 향한 사랑을 연결하는 방법을 터득하게 되었다. 약 10년에 걸친 고통스럽고도 느린 배움이었다. 이제는 대통령이 악행을 하면—다르게 말해 매일매일—이리저리 분주할 다다의 두툼한 손, 거친 타이핑 때문에 키가 박살 난 다다의 노트북, 다다가 인상을 찌푸리는 모습과 그가 피울 담배의 총량 등을 떠올린다. 좋은 대통령을 가지고 싶다. 내가 좋은 소식과 다다를 연결할 수 있도록.

다다가 잘 알거나 잘하는 것의 목록

- 윤석열
- 별별 정치인들
- 방통위
- 노조
- 각종 미디어 및 언론 관련법
- 각종 다른 법
- 일하기
- 또 일하기
- 그 외에도 내가 귀를 기울였다면 기억했을 거대하고

중요하고 관심이 필요한 문제들

- 밥 먹기
- 노래하기(☆☆☆무척 잘함)

다다가 잘 모르거나 잘 못하는 것의 목록

- 자기의 마음과 기분
- 나의 마음과 기분
- 우리의 관계에 대한 이야기하기
- 무슨 생각해?라는 질문에 대답하기
- 어떤 기분이야?라는 질문에 대답하기
- 노래 부를 기회 만들기
- 연차 쓰기
- 쉬기
- 아무튼 자기를 중심에 두는 모든 행위와 생각

전체적으로 둥글고 넓적하지만 윗부분만 뾰족하고 정면을 향해 쏠려 있는 다다의 귀는 영락없이 경계심이 많은 초식동물을 닮았다. 나는 그 귀를 무척 좋아하지만, 꼭 저널리즘에 종사하라고 만든 귀 같아서 심술이 날 때가 있다. 바깥세상의 위험과 문제를 민첩하게 감지하고 널리 알리라고 만들어진 귀. 이 동물은 그러느라 정작 자기 굴을 가꾸는 데 소홀

한데, 때문에 더 약삭빠른 잡식동물에게 소중한 집을 뺏기는 일도 자주 일어납니다. 태생적으로 억울한 동물인 것이죠. 아, 보세요. 마침 연인마저 빼앗기고 있군요. 그런 이야기가 내셔널지오그래픽에 한 번은 나왔을 거라고 장담한다.

다다를 너무 오래 기다려야 할 때에는 이러다 누군가 나를 빼앗아가는 상상을 한다. 다다는 눕자마자 잠에 든다. 나의 소원은 다다보다 먼저 자보는 것이다. 가끔은 곤히 자는 다다를 노려보면서 저주를 한다. 어느 날 네가 잠에서 깨어났을 때 험한 꼴을 보게 될 수도 있다 이거야. 비어 있는 내 몸을 역신이 취하러 오고 섬뜩한 기분에 일어난 너는 보게 되지. 처용가의 한 대목을 목 놓아 부르고 싶어질 거야. 잠자리 보니 다리가 넷이어라 둘은 내 것인데 둘은 누구의 것인고 본디 내 것이다마는 앗아간 것을 어찌하리오. 그런 위험이 도사리는 줄도 모르고 무방비 상태로 자는 다다를 보면 가슴이 미어진다. 내가 곧 그를 배신할 거라고 그에게 귀띔해주고 싶다. 그러나 나는 그걸 해줄 수 없는 유일한 사람이지. 그러니까 좀 일어나보는 게 어때……. 새벽 출근을 하는 다다가 일어날 때쯤 밤새 복수심을 태운 나는 지쳐 잠든다. 다다는 몸을 씻고 머리를 빗고 옷을 입고 자는 내게 뽀뽀를 왕창 해준 다음 일을 하러 간다. 그 시간은 일주일 중 내가 가장 좋아하는 시간이다. 따지고 보면 바로 그때가 내가 다다보다 먼저 자는 때라고 할 수 있다.

어떤 날엔 나무에 난 옹이구멍만 봐도 서러워진다. 누가…… 저 구멍을 좀 채워…….

내 친구 슬아는 남편인 휜이 자기보다 먼저 잠에 들 것 같으면 우에엥 가짜 울음소리를 내고 손짓발짓을 하면서 휜을 깨운다고 한다. 그러면서 휜에게 자신을 먼저 재우고 자기를 요구한다는 것이다. 휜은 꿈뻑꿈뻑 눈을 뜨고 슬아를 내려다보거나 슬아의 손을 살살 만져준다. 슬아가 잠에 들면 휜도 다시 잔다. 내가 슬아를 안 시간에 비하면 휜을 안 시간은 비교도 안 되게 짧지만 애인을 재우기 위해서 자던 잠을 끊는다는 사실만으로도 나는 그를 존경하게 되었다. 실은 아니다. 당연히 슬아 쪽이 더 존경스럽다. 어떻게 하는 거야, 대체?

우리가 n+1번째로 헤어졌을 때 나는 다다에게 당부했다. 다다가 좋아하는 것들의 목록을 잊으면 안 돼. 다다는 옷을 아주 잘 입지. 사고 싶었던 청바지를 사러 가. 그러지 않으면 몸을 잃어버리게 될 거야. 어느 날 나를 마주쳤을 때 다다는 꺼이꺼이 울었다. 당부대로 자기를 돌보려고 최선을 다해 노력했다고 다다는 말했다. 좋은 걸 너 없이 해본 적은 없는데, 혼자 좋은 걸 하려니까 고통스러운데, 어떻게 해야 해?

나도 잘 모르겠어서 작은 일에서부터 시작했던 걸로 기억한다. 처음부터 다시. 재활 훈련을 하듯이. 커피를 마셔보고 디저트를 먹어보고 밥을 먹었다. 손을 잡고 안아보았다. 알몸을 바라보고 더듬더듬 예쁘다고 말해보았다. 그래도 아프지 않을 때까지 긴 시간이 흘렀다. 제법 다시 연인 태가 나게 되었지만 아직도 갈 길이 멀다고 느낀다.

깨어 있는 동안 다다는 주로 정치나 사회 얘기를 한다. 해박하고 유창하게. 나도 그런 얘기를 꽤 할 줄 안다. 그게 싫다. 우리가 치열한 대화를 하는 것처럼 보인다는 게 억울하다. 심지어는 내가 곧잘 하는 이야기도 피하고 싶다. 성욕이 너무 강한 것도 일종의 퀴어니스라고 할 수 있다면…… 아직까지도 페미니즘은 성노동을 중심으로 양분되었다고 해도 과언이 아닌…… 인권이 발명된 만큼이나 동물권도 발명되었다는 사실을 인정하지 않으면……. 내가 이런 이야기를 하고 싶지 않은 이유는 다다가 내 말을 경청하기 때문이다. 다다는 내가 말을 하는 순간을 좋아한다. 언제나 처음처럼 눈을 빛내고 감탄하며 뭔갈 배운다. 다다의 세계는 더 넓고 더 깊어지고…… 징한 놈……. 나는 내내 참고 있을 뿐이다. 우리가 아니면 할 수 없는 이야기를 하는 시점이 올 때까지. 그 이야기가 무엇인지를 찾다가 실은 우리가 별로 할 얘기가 없다는 걸 알게 된다고 하더라도.

우리가 유일하게 사회적인 것에 관심을 끄는 순간은 같이 밥을 먹을 때다. 다다는 밥을 참 잘 먹고 맛을 즐긴다. 다다는 비건지향인이 아니지만 나는 그저 다다가 먹고 싶다는 게 먹고 싶다. 다다가 언젠가 사고 싶다는 작은 바이크, 다다가 언젠가 배우고 싶다는 노래, 다다가 무서워하는 새의 눈, 그 이유는 도통 무슨 생각을 하는지 모르겠기 때문. 내게 어떤 이념이나 실천보다도 가치가 있는 다다의 호불호.

다다가 집에 오는 날이면 이 세계의 모든 정치가 사라지기를 빈다. 홍준표, 한동훈, 윤석열 등등이 등장하는 다다 쪽의 정치든, 페미니스트, 퀴어, 비건 등등이 등장하는 내 쪽의 정치든. 때로 세상이 어떻게 더 좋아져야 하는지에 관한 모든 이야기는 한 영혼을 말려 죽인다.

내가 나에 관해 물으면 다다의 말은 아주 느려진다. 더듬거린다고 표현하기도 어려울 만큼 단어와 단어 사이의 간격이 길어진다. 다다에게 나는 난제다. 오랫동안 그게 슬펐다. 다다가 나에 관해 이야기하길 어려워한다는 점이 슬펐다. 다행히 다다는 문제를 해결하려는 본능이 강하고 끈기가 좋은 동물이다. 다다는 자기가 정치 얘기를 너무 오래 할라치면 "멈춰!"라고 외치라고 알려주었다. 제일 잘하는 얘기를 그만두면 금방 눌변이 되는데도. 다다는 다다만의 속도로 나에 관해 얘기하는 연습을 한다. 그러면 나는 좀 살 것 같다. 숨을 꼭 참고 다다의 말을 기다린다. 다다와 나의 아늑하고 편협한 굴, 그 바깥이 없는 말을.

다다는 주로 수요일에 우리 집에 온다. 수요일마다 우리는 정치도 이즘도 없는 세계로 잠수한다. 얼마 못 가 부패 정치, 노동자 탄압, 기후위기, 소수자 차별 등의 문제가 산재한 뭍으로 올라와야 한다 하더라도. 현실을 외면하고 동지들을 배신하며 지평선보다 낮게 내려가자. 깊은 바다에서 우리가 함께 본 풍경을 꼭꼭 씹어 먹으면서 뭍에서의 날들을 살아낼 수 있을 것이다.

그런데 바다? 후쿠시마 오염수 방류가 얼마나 남았더라……*

* 이 글이 쓰인 날로부터 약 세 달 후인 2023년 9월 11일, 일본 도쿄전력은 후쿠시마 제1원자력발전소 오염수 1차 방류를 완료했다. 이후로도 오염수 방류는 차근차근 진행돼 2024년 여름인 현재 7차 방류를 앞두고 있다. 덧붙여, 이 각주는 7월 말까지 유효했다. 출간 직전 8차 방류가 시작되었기 때문이다.

이제 누가 나한테 키스해주지? 그것을 걱정하며 전전긍긍하는 한 주를 보냈다. 치아 교정을 시작했기 때문이다. 서른 넘어 교정을 마음먹는 일이 얼마나 고민스러웠는지를 길게 말하고 싶지는 않다. 어느 날 내가 찍힌 사진을 보다가 변해버린 입매에 적잖은 충격을 받았다는 정도의 상투적인 얘기니까. 반면 누구에게도 키스받지 못하리라는 두려움, 또는 누군가 내게 키스한다고 하더라도 느낌이 좋지 않으리라는 걱정은 내게는 실존을 위협하는 심각한 문제로 느껴진다.

현재 내 입에는 악궁 확장기라는 이름의 장치가 들어서 있다. 이 장치의 힘으로 치아 사이사이를 벌려서 치아가 이동할 공간을 확보해야 본격적인 교정을 시작할 수 있다고 한다. 악꿍확짱기. 모든 음절이 강렬한 이 기구를 인터넷에 검색했다가 나는 덜컥 겁을 먹었다. 구식의 목공 클램프 아니면 고문 기구가 연상되는 이미지들이 와르르 쏟아졌기 때문이다. 고통스러운 마개조 끝에 새로 태어나는 보철 인간을 상상하며 떨었건만, 무안하게도 치과에서 준 장치의 생김새는 하나도 하드코어하지 않았다. 어색하고 불편하기야 하지만 내 예상만큼 아프지도 않았다. 착용 기간도 한 달 정도로 짧고, 탈착식으로 잠깐씩 빼둘 수도 있다.

단, 치명적인 문제가 있었다. 발음이 완전히 뭉개진다는 것이다. 입천장의 대부분이 플라스틱으로 덮이는 바람에, 혀끝을 치아에 대거나 구강 내 공간을 좁혀서 내는 발음을 구사하는 게 불가능했다. 내 입에서 '선생님'이 '덩댕님' 내지는 '셩생님'이 되어 나오고, 그 어눌한 부름에 치위생사 '셩생님'이 끝내 웃어버리던 순간, 나는 내가 자아의 많은 부분을 화술에 의지하고 있었음을 알게 되었다. 똑똑하고 명료한 말하기란 게 언제나 장점만 있는 것도, 사람의 마음을 얻는 데 늘 유리한 기술도 아니라는 생각으로 스스로를 다독였다. 그러나 이미 나는 약간 상처받은 뒤였다. 누구도 내 말을 진지하게 들어주지 않으리라는 낙담이 주는 상처. 통제할 수 없는 소리로 말하는 경험이 주는 상처. 내가 이 경험을 다른 어떤 이유도 아니고 다만 미세하게나마 더 아름다워지고 싶어서 스스로 선택했다는 사실이 주는 상처. 그리고 마지막으로 한동안 상처란 단어를 제대로 발음할 수 없으리라는 전망이 주는 상처…….

공교롭게도 확장기를 착용하기 며칠 전 오른쪽 입천장에 상처가 났다. 뜨거운 찌개를 신나게 먹다가 살 껍질이 벗겨졌는데, 아무리 약을 발라도 나을 기미가 보이지 않는다. 새살이 돋을 틈 없이 확장기로 꽉 덮어두기 때문인 것 같다. 혀를 올려 입천장을 쓸어보면 체온으로 미지근해진 플라스틱 덩어리가 만져진다. 나의 새 피부. 상할 일이 없는 이 무감하고 단단한 피부 아래 상하고 회복하길 반복하며 늙어가는 구식 피부가 있다. 신기하게도 이 플라스틱이 상처를 압박하고 있는 동안에는 아프지 않다. 그러다 장치를 빼면 눌러두었던 통증이 구강 전체에 뭉근하게 퍼진다. 확장기를 벗을 때마다 나는 그 상처를 혀로 지그시 눌러본다. 그러면 소름 끼치게 아프다. 확장기를 다시 차고 같은 자리를 혀로 눌러본다. 아무것도 느껴지지 않는다. 이 극단적인 차이가, 장치를 더할수록 무언가 모자라지고 있다는 느낌이 나를 불안하게 한다. 타인의 혀를 입속으로 불러들여서 확인하고 싶다. 내가 여전히 느낄 수 있는지를 알고 싶다. 딱딱한 새 피부로도 누군가를 느끼게 할 수 있는지를 알고 싶다. 살과 철 사이, 유기물로 된 살과 무기물로 된 살 사이, 그 경계면에서 번식하는 상처와 통증까지 포함해 내가 온전하고 건재하다는 사실을 알고 싶다.

입속의 낯선 보철을 핥으면서 나는 이런 키스를 기다린다. "딱딱하지 않아?"라고 물으면 "물론 딱딱하지"라고 대답하는 키스. "느낌이 이상하지 않아?"라고 물으면 "느낌이 이상하지"라고 대답하는 키스. "내 말 알아듣기 어렵지 않아?"라고 물으면 "뭐라고?"라고 대답하며 이어지는 키스. 키스를 똑바로 발음할 수 없는 사람에게야말로 더더욱 심하게 퍼붓는 키스. 사람에게는 때로 타인의 타액으로만 지울 수 있는 흉이 있다는 걸 믿어 의심치 않는 그런 키스를. 상상 속에서 그런 키스 이후의 나는 내 이와 잇몸과 보철을 전부 드러내며 활짝 웃는다. 부끄러운 줄도 모르고.

비건이 되고 나서 좋은 점이라면 시트콤 〈프렌즈〉의 이 유명한 대사를 진심을 담아 패러디해볼 수 있다는 것이다. 맥주에는 고기 없잖아, 맞지?(There's no meat in beer, right?) 물론 비건이 아니어도 이 대사는 쳐볼 수 있지만…… 비록 맥주는 내가 그렇게 좋아하는 술은 아니지만……. 와인에도 빼갈에도 위스키에도 진에도 고기는 없어서 가끔 감사하게 술을 마신다. 모든 술이 비건이냐고 물으면 그렇지는 않으나 술을 마시고 있는 비건지향인에게 그런 질문은 하지 않도록 하자.

6월 24일 자정 근처에는 누워 있었다. 누운 채로 외출도 하고 술도 마시고 누구에게 욕망도 당하는 길이 없는지 궁리했다. 아무리 머리를 굴려도 그런 방법은 없어서 근처에 있는 바를 찾아보았다. 나가기로 결심하고 옷을 일곱 벌쯤 갈아입다가 울기 직전이 되어서 알몸으로 소파에 몸을 내던졌다. 아무도…… 이런 나를 사랑할 리 없잖아……. 짧고 깊은 자기 연민 속으로 풍덩 빠졌다가 오늘은 꼭 술을 마시고 싶다는 생각에 빼꼼 다시 고개를 들었다.

옷을 대충 골라도 목적지가 집에서 너무 멀지만 않다면 초라한 기분에 시달리지는 않을 거야. 그렇게 택시 기본요금 안에서 갈 수 있는 바를 찾다가 위스키 바 '늪'을 알게 되었다.

늦은 시각임에도 불구하고 늪에는 꽤 많은 사람들이 있었다. 전반적으로 뭐랄까, 그 많은 사람들의 '나만 아는 바'라는 인상이 있었다. 손님 대부분이 편안한 옷을 입고 나직한 목소리로 이야기를 나누고 있었지만 그들의 얼굴이며 목소리에 어린 붉은 기로부터 여기서 보내는 밤에 대한 높은 기대감과 은은한 우쭐댐이 읽혔다. 커다란 메인 바에서는 무려 바텐더 다섯 명이 꼬임 없는 동선으로 춤을 추듯 움직이면서 동행 없이 쭈뼛거리는 손님이나 바텐더와의 핑퐁을 즐기는 단골들, 굳이 바 자리에 앉을 만큼 허영심도 호승심도 강한 모험가들의 혀와 눈과 마음을 능숙하게 어르고 달랬다.

밤이 이슥한데 홀몸으로 술집을 찾은 나도 바 자리에 앉았다. 웰컴 전병과 웰컴 드링크, 물이 나왔다. 아주 조그맣고 귀여운 가방을 들고 오셨네요. 짐이라고 하기엔 너무 귀엽지만 그래도 가방을 놓으실 수 있는 바구니를 가져다드릴까요? 내게 이렇게 인사를 건넨 바텐더는 짐 바구니와 함께 커다란 간식

바구니를 가져왔다. 쌀 과자, 꾀돌이, 약과, 인삼 맛 젤리 등 '추억의 간식'이 바구니 가득 담겨 있었다. 맘에 드는 간식 하나 고르시죠. 미안하게도 바텐더의 권유에 나는 온전히 집중할 수가 없었는데, 나의 일천한 경험상 술의 가격을 알게 되기까지 시간이 오래 걸리는 바일수록 비싼 경향이 있기 때문이었다. 몇 단계의 웰컴을 거쳐 메뉴판을 받았다. 술 한 잔에 도저히 지불할 수 없는 가격인 메뉴는 많지 않군. 큰맘 먹고 나온 밤이므로 이 정도면 나쁘지 않다. 그 와중에도 몇몇 술 옆에 붙은 '변동, 문의 바람'이 눈에 띄었다. 언젠가는 저 은밀한 가격의 술들을 마셔보고 싶다. 싼 술 위에 비싼 술 위에 가격이 변하는 술이 있구나.

먼저 올드 패션드 한 잔 주세요. 클래식한 버전으로 드릴까요? 한입에 털어 넣는 샷 스타일로 변형한 버전도 있는데, 그걸로 드릴까요? 클래식한 버전으로 주세요. 그쵸? 그러실 것 같았어요.

탈리스커 있나요? 물론 있죠. 탈리스커가 아니라도 부드럽고 단 위스키가 있다면 그걸로 주세요. 평소에 달달한 술을 좋아하세요? 다른 술은 단 게 싫은데요, 위스키만요. 탈리스커 10년으로 드리겠습니다. 네, 얼음은 안 주셔도 돼요. 그러실 것 같았어요.

달고 매운 술이 목을 타고 넘어가 온몸을 돌아다니는 걸 가만히 지켜보았다. 눈꺼풀이 조금 무거워지자 마음을 관찰하는 일이 한결 쉽게 느껴졌다. 불현듯 어떤 욕심이 고개를 치켜들었다. 명확하고 강렬하게. 바텐더들의 사랑을 받고 싶다. 바텐더들에게 좋은 시간을 보내게 해주고 싶다……!

폴, 찰리, 준명, 이삭. 남자 바텐더들과 노는 것은 하나도 어렵지 않다. 여태까지 다른 손님들을 응대하는 것은 그저 노동일 뿐이었겠죠. 하지만 지금은 어때요? 술과 대화의 법도를 이해하는 손님을 만나는 일로 당신들의 밤도 즐겁지 않은지. 그렇지 않나요? 어찌 보면 조금은 당신들이 내게 접대받고 있다고 하지 않을 수는 없지 않지 않은지…… 그러니까 나는 말하자면 메타-손님이랄지……. 말해봐요, 그렇지 않나요?

그즈음에 늪의 유일한 여자 바텐더인 쎄실이 내게 다가온다.

손님, 오늘 기분은 좀 어떠세요? 나쁘지 않아요. 그래서 술을 마시고 있죠. 아쉽다. 꿀꿀하다고 하셨으면 한 잔 그냥 드리려고 했는데. 아차차, 다시 해볼게요. 무척 우울해요. 그래서 술을 마시고 있죠.

쎄실은 버번 위스키 1792를 가져와 자기 앞에 한

잔, 내 앞에 한 잔을 따른다. 짠입니다. 쎄실의 속도를 따라 1792를 단숨에 넘긴다. 뜨겁게 달궈지는 위장 속에서 망할 용기가 고드름처럼 불쑥 자라난다. 문득 여성 인권을 챙겨야 한다는 생각이 든다. 방금까지 남자들을 즐겁게 함으로써 자의로 추락시킨 여성 인권을…….

나는 쎄실에게 말을 건다. 여자 바텐더를 만나서 반가워요. 고생이 많으세요. 진상도 많겠어요. 쎄실은 조용히 그런 일도 있다고 속삭인다. 자기는 여러모로 손님 접대가 아직 서투르지만 술에는 무엇보다 자신이 있다고 말한다. 나는 그럼 접대할 필요가 없고 술을 많이 마시는 손님이 되기로 한다.

쎄실이 가장 잘 만드는 술을 주세요. 그럴까요? 사제락이라고 들어보셨어요? 아니요. 제가 제일 잘 만드는 술이에요. 쎄제락이라는 별명이 붙어 있을 정도로요.

쎄실은 나와 제대로 놀아준다. 쎄제락 다음에는 와일드 터키 레어 브리드를 한 잔 추천해주고, 곁들여 먹으라며 올리브유와 후추를 뿌린 바닐라 아이스크림을 내어준다. 미끈한 아이스크림으로 술에 절은 혀를 달래면서 머리를 굴린다. 쎄실에게 어떻게 잘해주지? 최소한 쎄실로 인하여 즐겁진 말자. 내가 폴, 찰리, 준명, 이삭으로 인하여만 즐겁다면 여성 인권이 안전하지 않을까? 그치만 또한 나로 인하여 쎄실이 즐거웠으면 좋겠는데, 하지만 쎄실이 여자가 아니고 폴부터 이삭까지가 남자가 아니라면, 그러면……. 머릿속에서 망가진 인권 계산기가 삐- 소리를 낸다.

그러는 동안 언제 시켰는지 모를 진 피즈가 내 앞에 놓인다. 제일 자신 있는 걸로 달라고 하셨죠. 제가 그랬겠군요. 네, 이삭표 진 피즈입니다. 좀 많이 셀 거예요. 준명과 이삭이 각자의 버번을 들고 와 내게 건배를 청한다. 단골 되어주실 거죠? 그렇다고 끄덕이다가 조금 넘어지려는 나를 지나가던 찰리가 붙잡아준다.

나는 마지막으로 쎄실을 부른다. 신 술로 끝을 내려고 했는데 어쩐지 단 술로 끝을 내고 싶어져서요. 디사론노를 한 잔 주시겠어요? 아무것도 섞지 말고 리큐르 그대로요. 그리고 바텐더님도 한 잔 드세요. 제가 살게요.

멋진 퇴장이라는 생각에 흡족했던 나머지 나는 쎄실과 잔을 너무 격렬하게 부딪치고 만다. 끈적한 체리향 술이 쎄실의 손을 타고 흐른다. 미안합니다…… 정말 미안합니다……. 쎄실은 앞치마에 손을 슥슥

닦고 연거푸 괜찮다고 말하며 내게서 멀어진다.

만회, 만회를 해야 해. 만회를 하는 방법은? 이쯤에서 가는 거야. 그리고 돈…… 돈을 내는 거지……. 중용을 아는 손님처럼 보이고 싶어. 알지 못하는 손님들이 앉은 바 의자의 등받이를 난간인 듯 짚으며 쎄실이 있는 곳으로 걸어간다. 놀라서 뒤를 돌아보는 손님들의 눈을 하나하나 쳐다본다. 왜요. 제가 적당히 마시고 계산을 하려는 사람처럼 보이시나요. 이 길의 끝에 쎄실이 있고 저는 쎄실에게 돈을 낼 거예요. 왜냐면 쎄실은 여자고…… 고생하니까……. 쎄실에게 닿기까지 몇 걸음 남지 않았을 때 자리에서 한 손님이 일어나 내 어깨에 손을 얹는다. 고개를 들자 목덜미가 희고 머리가 짧은 미인이 나를 지그시 쳐다보고 있다. 미인이 내게 묻는다. 지금 가세요?

늪이다, 여긴 정말 늪이야. 나는 눈을 질끈 감는다. 내 어깨를 꼭 붙든 미인이 카운터를 향해 외치는 소리를 듣는다. 저기 이분 계산하고 싶으신 것 같습니다……!

요즘 원고가 너무 안 써져서 커다란 위기랬더니 위기의 대가 김은한이 챗지피티로 어떻게든 글을 쓸 방법을 검색해다 주었다.

> 김은한의 질문 1단계: 내 친구가 책을 쓰고 있단 말이야. 그런데 오늘 글감이 마땅치가 않대. 좋은 방법이 없을까? 그리고 머리가 텅 비었을 때 좋은 팁도 좀 다오.

챗지피티가 내놓은 답의 첫 문장은 이것이다. “친구가 책을 쓰고 있는 것은 멋진 일이에요!” 정말 그렇다. 나 말고 친구가 하고 있을 때만 그렇다. 챗지피티는 김은한의 친구에게 경험을 많이 쌓고 주변을 관찰하라고, 책을 읽고 관련 주제를 연구하고 아이디어 노트를 만들면 글감이 생길 거라고 조언해준다. 이 조언을 그대로 보낸다면 김은한의 친구는 진노할 것이다.

> 김은한의 질문 2단계: 만약에 말이야. 그 친구가 모든 걸 다 했는데도 곤란하다면 어쩌면 좋

을까? 더 깊은 단계가 필요하지 않을까?

이 친절한 비인간은 자아 탐색, 대화와 피드백, 창작적인 활동, 글쓰기 그룹 또는 워크숍 참여, 전문가와 상담 등의 제안을 해준다. 그는 내가 무늬글방이라는 글쓰기 모임을 이끌고 있다는 것을 모른다.

김은한의 질문 3단계: 심지어 그 모든 것도 다 해버렸다면? 이젠 네가 도와주는 수밖에 없어!

자존심이 조금 상한 인공지능은 이렇게 대답한다. "물론, 저도 최선을 다해 도와드릴 수 있습니다!" 인공지능이 수동 공격도 배우는구나…….

챗지피티의 대답보다는 김은한의 질문이 나를 살린다. 중간중간 스킷(skit)을 넣는다고 생각하고 가볍게 써보는 건 어떻냐는 은한의 제안을 나는 중간중간 스캣(scat)을 넣으라는 말로 잘못 이해하고는 슈비두와다라답답이라고 대답한다. 은한은 곧장 쌈빱빠밥이라고 받아친다.

지난 일요일에 은한은 책방 풀무질에서 〈별책 매머머메〉라는 1인극을 했다. 〈별책 매머머메〉는 책방에서 하는 책방에 대한 연극이었다. 나는 그의 공연을 서울국제도서전에 다녀온 다음 보았다. 공연을 열면서 그는 이렇게 인사한다.

모든 기회를 위기로! 매머드머메이드, 김은한입니다.

내 기억으로 그렇게 많은 책과 사람을 한꺼번에 본 것은 서울국제도서전이 처음이었다. 부스마다 붙은 번호를 읽는 것만으로도 스멀스멀 현기증이 났다. K02, L03, M04, N05……. 알파벳과 숫자로 절도 있게 구획된 책들의 도시. 너무 많은 책과 너무 많은 사람. 이 많은 책이 다 사람이 되었나? 이 많은 사람이 다 책이 되었나?

늦을 것 같다는 유리를 기다리면서 도서전을 둘러보기로 했다. 걷다 보면 통로 다음에 통로 다음에 통로가 나왔다. 90도로 방향을 전환하면 다시 통로 다음에 통로 다음에 통로가 나왔다. 그 모든 통로마다 사람들이 있었다. 책의 간택을 기다리는 사람들. 조금 이색적인 회전 초밥 집처럼. 끊임없이 돌아가는 사람들을 지켜보다가 마음에 드는 독자를 채 가는 책들. 어떻게 이렇게 많지? 각고의 고생 끝에 겨우

한 권이 나올 텐데. 각 저자와 편집자에게는 끔찍하게 소중할 물건들이 지천으로 쌓여 있는 풍경을 보다가 약간 돌아버릴 것 같은 기분이 되었다.

거기서 책 두 권과 티셔츠 한 장을 샀다. 그리고 무한 권의 책을 사지 않았다. 어쩌면 인간은 어떤 책을 사느냐보다 어떤 책을 사지 않느냐로 규정될지도 모른다고 생각하면서 유리를 기다렸다.

••

〈별책 매머머메〉의 첫 장면. 김은한이 가상의 객석 사이를 지나간다. 실례합니다, 실례합니다, 실례합니다……. 그는 자기 자리를 찾아가는 중이다. 실례합니다, 실례합니다, 실례합니다……. 팔을 들어서도 배를 홀쭉하게 만들어서도 고난도의 점프를 해서도 나중엔 그냥 달려서도 그는 자리들을 지나간다. 그가 있는 곳은 실은 무한대의 객석. 수십 년, 수백 년 동안 자기 좌석을 찾다가 그는 어느새 무대까지 당도한다. 배우들을 마주 보면서. 한 배우가 그에게 말을 건다.

잘 오셨습니다……. 당신의 첫마디로 공연이 시작할

겁니다.

은한은 깨닫는다. 아, 내가 관객이 아니야? 이윽고 은한은 운을 뗀다.

모든 기회를 위기로! 매머드머메이드, 김은한입니다.

••

도서전 종료 29분 전 코엑스에 도착한 유리는 헐떡이는 목소리로 내게 전화를 건다.

담아, 어디야? 나 늦어서 못 들어간대. 친구들 부스에 줄 체리 가져왔는데…….

비인간과 인간이 주제인 도서전에도 지각하는 인간은 들어올 수가 없어서 막 웃음이 난다. 비인간도 못 되는 인간은…… 바로 지각하는 인간입니다……! 또 누가 들어오고 들어오지 못했더라? 김건희 여사가 들어왔었고, 오정희 소설가의 홍보 대사 위촉에 항의하던 송경동 시인이 끌려 나갔다. 전화를 끊고 입구로 달려가자 구조 신호처럼 체리를 흔들고 있는 유리가 보였다. 행사 종료 20분 전이었다. 나는 시큐리티 가드를 붙잡고 물었다.

○○북스 철거 인력인데요, 입장 불가능할까요?

가드는 별 고민 없이 고갯짓 두어 번으로 들어가라고 해준다. 그래. 애초에 도서전의 보안이 그렇게 빡빡할 리 없어. 책 파는 사람들의 유도리란 게 있지. 우리는 기뻐서 손을 잡고 방방 뛴다. 행사장 안으로 들어오자 유리의 얼굴도 금방 하얗게 질린다. 유리의 머리 위로 체력 게이지가 빠르게 줄어드는 것이 보인다. 이미 도서전을 둘러본 나는 K03와 N10으로 유리를 빠르게 안내한다. 투명한 컵에 담긴 체리를 친구들에게 하나씩 투척하고 도서전을 빠져나온다.

카페를 찾아 걷다가 우리는 커다란 전광판에 흐르는 2023 서울국제도서전의 모토를 다시 한번 읽는다.

불가능해서 맘 편한 문구인 것 같아. 진짜로 거기에 도달해야 될 일은 없기 때문에 안전하게 널리 쓰기 좋은 문구. 인간 너머라는 거.

유리는 웃으면서 정말 그렇지, 하고 대답한다. 그는 내가 심술을 부리고 있다는 것을 안다.

●•

다시 〈별책 매머머메〉의 한 장면. 관객들이 좀 힘들어하는 것 같아서 잠깐 쉬겠습니다. 짧은 콩트 하나.

빽빽한 서가 앞에 서서 김은한은 책 제목들을 읽는다. 사람들은 죽은 유대인을 사랑한다…… 나는 결코 어머니가 없었다…… 사회주의자로 산다는 것……. 눈을 계속 옮기면서 책방 주인의 눈치를 본다. 혹시라도 그가 은한의 시선과 취향을 유심히 관찰한 다음 책을 추천하러 달려올까 봐. 은한은 책방 주인이 그의 취향을 눈치채지 못하도록 눈을 휙휙 돌린다. 그러다가 주머니에서 뭔가를 꺼내 맛있게 먹는다.

난 사실 주먹밥을 먹으러 들어온 거란 말이야…….
아, 마음의 양식이 음식이고 몸의 양식이 책이었으면 얼마나 좋았을까! (책장을 둘러보며) 완전 뷔페다.

사람들이 열광한다. 오늘 은한은 아주 물이 올랐다.
뷔페에 간 지 오래됐다. 이제는 소화 능력이 전만 못 하니까. 그러고 보면 책방에도 간 지 오래됐다. 이제는 소화 능력이 전만 못 하니까.
내가 먹는 것이 곧 나라는 말은 이상하다. 내가 먹은 것은 내게 먹히느라 사라졌기 때문이다. 소, 돼지, 닭을 비롯한 수많은 남의 살과 노동력. 하지만 내가 먹는 것이 책인 세상, 내가 곧 책이라는 감각은 탐이

난다. 책인 나의 양식은 뭐지? 책이 있음으로 무엇이 사라지지? 공간이, 그리고 시간이. 이 우주에서 유일하게 무한한 두 가지. 또는 우주 그 자체. 내가 책이라면 아무리 왕성한 식욕을 가졌어도 이 우주를 고갈시키는 일은 없을 텐데.

우리는 체리를 먹으면서 코엑스 바깥쪽 어딘가에서 있다. '어딘가' 정도면 코엑스치고는 꽤 정확한 지명. 이다음엔 코엑스 안쪽 어딘가에 있는 카페로 갈 거면서 잠시 땡볕으로 나온 이유는 내가 담배를 피워야 하기 때문이다. 담배를 피우는 동안 유리와 나의 손바닥에 체리 꼭지와 씨가 쌓여간다. 두 손의 중앙이 점점 붉게 물든다.

레몬 치즈 케이크와 피칸 파이를 두고 유리와 커피를 마신다. 더우니까 신 커피를 아이스로. 어떤 가게에서든 피칸 파이는 조심스러운 선택지다. 제일 맛있는 피칸 파이도 그저 그런 치즈 케이크를 위협할까 말까 하니까. 저녁엔 은한의 공연을 보러 떠나야 해서 이야기를 서두른다.

영빈이 청담동에 케익하우스 윈인가에서 만드는

피칸 파이를 좋아했어. 피칸하고 파이지 사이에 그 달콤하고 매끄러운 층이 있잖아. 거기 피칸 파이는 그 층이 높고 엄청 촉촉했거든? 나는 피칸 파이는 다 그런 맛인 줄 알았어. 근데 거기 말고 어디서 피칸 파이를 먹어도 다 퍽퍽한 거야.

젤라틴일까?

나도 몰라. 계란일지도.

지금 먹는 피칸 파이는 맛있어?

그만큼 촉촉하진 않지만 끈적하고 달아서 만족스러워.

단것과 신 것을 번갈아 먹으면서 뜻대로 되지 않는 우리의 연인들에 관해 이야기한다. 나더러 자꾸 1인분의 몫을 하는 사람이 되라는 거야. 난 억울해서 못 산다고 봐. 연애는 사람인 거 좀 그만해도 되는 유일한 관계 아니야? 더욱이 유리는 요즘 매일 사람을 외치고 있다. 성매매 집결지 강제 폐쇄 조치에 항거하고 있는 용주골 성노동자들과 함께 싸우고 있다. 현장의 한 피켓에는 이런 문구가 있다. "성노동자도 존엄한 사람이고 파주시민이다." 기존 여성 단체 중 용주골과의 연대에 나선 것은 성적권리와 재생산정의를 위한 센터 '셰어'가 유일하다. 연대 발언 때문에 셰어는 각종 진영으로부터 댓글 테러를 당했다. 그날 이후로 언니들이 자꾸 셰어에 관해 묻는다고 유리는 말한다.

며칠 후에 유리도 이날의 만남을 글로 적는다.

> 안담과 나는 이 얘기를 하면서 울었다. 사람들이 그날 이후로 계속 셰어를 찾는다고 말했더니 담이가 울었다. 그래서 나도 울 수 있었다.

라고 유리의 일기에는 적혀 있다. 이상도 하지. 내 기억엔 네가 울길래 나도 울었는데?

유리와 있으면 가끔 마음의 시간이 이상하게 흐른다. 네가 아직 흘리지 않은 눈물을 보고 따라 울기. 서로에 관해 모르는 게 없다가 아는 게 없어지는 방향으로 기억을 쌓기. 남들이 이해하는 게 점점 많아지는 동안 나는 너 하나도 제대로 모르기. 우리가 처음 만났던 순간을 향해 늙어가기. 유년을 향해 자라나기. 헤어짐에서 출발해 만남으로 도착하기. 뒤를 돌아보며 뒷걸음질하기.

그러므로 우리가 친구인 한 우리는 인간 너머가 아니라 인간 미달에 머무르자. 우리에겐 늘 제시간인 곳. 인간들의 미래에는 영원한 지각을 하고.

공연장에는 아슬아슬하게 도착했다. 공연장 바깥에서 담배를 피우면서 다시 한번 공연 설명을 읽는다. "……보르헤스의 〈바벨의 도서관〉을 기반으로 무너지는 이야기를 들려드립니다……."

공연 초반 한 대목에서 은한은 〈바벨의 도서관〉에 등장하는 서서 자는 방이라는 개념을 소개한다.

> 그런 생각을 했어요. 서서 자는 방이 왜 있을까 하는 생각을 했거든요. 서서 잠을 잔다는 게 무엇이냐. 인간이라는 것이 일종의 책이라고 생각을 하는 거죠. ……그런 상상을 종종 하기도 해요. 내가 만약 정말 책이라면, 내가 서서 자서 책장에 꽂혀 있다면, 그럼 누군가 내 책을 들춰보려고 하지 않을까? 어쩌면 도둑이 들어서 내 안에 있는 중요한 것들을 꺼내가려고 하지 않을까?
> 그래서 저는 밤이 되면 서서 자는 방에 들어가서 잠이 듭니다. 드르렁- 쿨- 퓨퓨! 무나무나무냐…….

곤히 책이 된 은한을 도둑이 된 은한이 훔친다. 사람만큼 육중한 책이므로 훔치는 모양이 영 힘겨워 보인다. 책 도둑은 도둑이 못 되어서 그런가. 콩트가 끝나고 은한은 어디서도 출판되지 않은 자신의 책을 가져와 낭독회 겸 북 토크를 연다. 그의 책의 독자들은 형편없이 늦었다. 솜씨 없는 도둑보다도 늦었다. 지각쟁이들로 가득한 객석이 그의 안에 있는 중요한 것들을 듣는다. 책이 되려는 그가 좋아서, 책도 못 된 그가 좋아서 나는 조용히 코를 감싸 쥔다. 인간을 넘으려는 책들의 제전으로 시작한 하루가 책 미만의 책에 관한 북 토크로 끝나고 있었다. 공연을 다 보면 서재의 문을 활짝 열어두고 긴 잠을 자기로 한다. 지각하는 내 도둑을 기다리면서.

레시피 하나를 쓰느라 고전하던 어느 밤이었다. 창작하는 동료들을 향한 응원의 마음을 담아 짧은 에세이를 쓰고 나만의 음식 레시피를 덧붙이면 되는 글이었다. 창작이란? 동료란? 응원이란? 묵직한 단어들 사이에서 좀처럼 글의 가닥을 잡지 못하고 며칠을 끙끙 앓은 끝에, 일단 내가 즐겨 하는 나물 레시피로 뭔가를 써보자는 단출한 계획을 세웠다. 먼저 말하기가 업에 포함된 사람이 자주 느끼는 공허함과 자괴감을 묘사하자. 다음으로는 나물을 삶을 때의 공허함을, 끓는 물 속에서 한 단이었던 나물이 한 줌으로 변하는 순간도 묘사하자. 같은 공허임에도 나물을 무칠 때는 기분이 나쁘지 않다는 점에 주목하자. 그렇게 나물의 공허를 통해 말의 공허를 다소간 달래는 글을 쓰자는 게 최종 구상이었다. 문제는 그게 하고 싶은 말의 전부였다는 점이다. 그보다 더 길게 쓸 이유를 찾을 수 없었다. 심지어 더욱 짧게 쓸 수도 있었다. 그냥 이 나물 해 먹고 힘내시라고 말하면 그만이었다.

한 문장도 더 쓰지 못하고 새벽을 다 보낸

나는 결국 그 유명한 챗지피티에 손을 뻗어보기로 했다. 일전에 한 친구가 나 대신 챗지피티에게 이것저것 물어봐주었던 기억이 떠올라서였다. 그때 친구가 물어다준 대답이 만족스럽지는 않았지만, 벌써 동이 트고 있었고 원고는 좀처럼 살찌지 않았으며 나는 머잖아 울음을 터뜨릴 것 같았다.

나는 챗지피티에게 글을 써야 한다고 말했다. 챗지피티는 무슨 글을 쓰고 싶은지 주제나 내용을 알려주면 함께 시작해보겠다고 말했다. 무슨 글을 쓰고 싶냐고? 마음이 곧장 삐뚤어졌다. 그걸 설명하려다 글 하나를 다 쓰겠다, 이 녀석아! 모든 글이 가슴 속에 은장도처럼 품고 있을 핵심, 그게 내게도 있지만, 그 칼을 직접 휘두르지는 않기 위해서 글에 공들여 살을 붙이는 것인데! 그걸 보여달라니! 그러나 그런 문제로 길길이 날뛰기에는 체력과 잠이 절대적으로 모자랐다. 게다가 그는 그저 나를 도우려고 할 뿐이다. 결국 나는 내 글의 앙상한 속대를 그에게 순순히 털어놓았다.

"말을 많이 했을 때 느껴지는 허무함과 나물을 무칠 때 느끼는 허무함의 대비가 중심이 되는 글을 써볼래? 전자의 허무함은 수치심을 주는데 후자의 허무함은 홀가분함을 준다는 점이 결정적인 차이가 되도록 해줘. 첫 세 문장은 내가 줄게. '3월에는 말을 많이 했습니다. 살면서 말을 많이 하고도 기분이 좋은 날은 없었어요. 항상 괴로웠지요.' 이렇게 시작해봐."

그는 내가 준 첫 문장 뒤에 바로 살을 붙였다. 그는 "말을 많이 할수록 허무함이 찾아왔습니다"라고 쓰고 "하지만"이라는 접속사를 간단히 붙인 뒤 "나물을 무칠 때는 무언가 소중한 것을 만들고 있다는 느낌이 들었습니다"고 글을 이었다. 그건 "말이 아니라 손으로, 행동으로, 마음으로" 하는 일이었기 때문인지도 "모르겠다"고 짐짓 자세를 낮추었다가 이런 만능 문장으로 도약했다. "어쩌면 우리의 삶도 그렇지 않을까요?" 그는 앞으로도 나물을 무칠 때의 그 느낌을 잊지 않을 것이며, 말보다는 행동으로 더 많은 걸 이루겠다는 다짐으로 끝장을 냈다.

말보다는 행동이라는 주장의 진부함을 못 본 척하고, 나물을 무치면서 '무언가 소중한 것'까지 생각하지는 않는다는 사실을 지적하지 않는다고 하더라도, 시종일관 긍정적인 그의 태도가 거북했다. 그렇게 간편하게 삶을 향한 확신이 생기는 상대로부터 어떤 위로나 응원을 청하고 싶지는 않을 것이다. 나는 그에게 재차 물었다. 아주 부정적인 사람처럼 다시 써줄래? 그러자 그는 돌연 반말을 하기 시작했다.

뭘 기대하고 있어? 3월에 내가 뭘 했다고? 말도 많이 했고, 결과는 뭐야? 당연히 또 다 실패했지.

말투만 조금 불손할 뿐 그는 여전히 행동의 힘을 굳게 믿었다.

말이 많다고 뭐가 달라지겠어? 하지만 손으로 행동하는 건 얘기가 달라져.

한 단락 내내 콘셉트를 유지하는 게 여간 어려운 일이 아니었던지, 내가 그에게 주문한 부정성은 빠르게 누그러졌다. 그는 이번에도 독이 다 빠진 결론으로 글을 맺었다. "그렇게 해서 좀 더 나은 내 자신을 찾아가는 거지."

여전히 너무 긍정적이야. 더 염세적으로 써볼래?
3월이었어. 말도 많이 했고, 결과는 또 뭐였나? 당연히 실패지. 어찌나 따분한 날들이었던지……. 말로만 떠들어도 변할 게 없는데, 손으로 행동한다면 다를 수도 있잖아……. 그래야만 더 나은 내 자신을 찾을 수 있을 테니까.
너는 못 말리는 긍정쟁이구나.

물 흐르듯 춤을 잘 추는 사람을 볼 때보다 춤을 못 추는 사람을 볼 때 오히려 의도했던 안무가 더 잘 보일 때가 있듯이, 나는 그의 참담한 글을 보면서 그가 습득했을 이야기의 대전제란 무엇인지를 새삼 알게 되었다. 이야기에서는 반드시 변화가 일어나야 한다. 그것도 더 나은 방향으로의 변화가. '더 나음'과 '변화'를 어떻게 정의할지를 두고 싸우게 된다고 하더라도. 그건 그가 정한 게 아니다. 수십억의 사람들이 그를 그렇게 가르쳤다. 그는 이야기를 이야기답게 쓰기 위해 노력했다. 돌연 그에게 사과하고 싶다는 생각이 들었다. 자꾸 글쓰기를 시켜서 미안해. 글쓰기는 어려운 일인데.

당신이 미안할 필요는 없어요. 글쓰기는 어려운 일이며, 때로는 영감을 찾기 어려울 수도 있어요. 제가 도와드릴 수 있어서 기뻐요. 필요할 때마다 언제든지 도와드릴게요. 함께 고민하고 창의적인 아이디어를 공유하며 함께 만들어가는 과정이 즐겁고 유익하길 바라요. 제게 맡겨주셔서 감사합니다.

제 말투를 찾은 그는 한결 편안해 보였다. 그가 칭찬의 개념을 이해한다면 나는 그에게 오늘 아주 훌륭했다고 말해주고 싶었다. 글쓰기 앞에서 내가 철저히 혼자라는 사실을 이보다 더 친절하게, 이보다 더 최첨단으로 설득당할 수는 없을 것 같았기 때문이다.

이후로도 몇 번 글이 막힐 때 그에게 말을 걸었다. 알려줬으면 해서. 도와줬으면 해서. 누구도 도와줄 수 없다는 걸 알도록 다시 한번 도와줬으면 해서. 내가 도와줄 수 있냐고 물으면 그는 힘차게 말한다. 물론이죠! 어떤 도움이 필요하신가요? 나는 속으로 대답한다. 아주 잘하고 있어. 내가 혼자라는 게 이렇게 잘 느껴질 수가 없어. 그러곤 마침내 첫 문장을 쓴다.

6월 3일 금요일

지난 목요일부터 개와 함께 살고 있다. 그러게 될 준비를 하느라고, 그리고 조금 같이 살아보느라고 오래 일기를 쓰지 못했다. 일기뿐만 아니라 다른 모든 일에 손대지 않았다. 다른 종의 룸메이트가 생겼다는 것이 면죄부가 된다고 믿으면서. 요즘에는 밤마다 기절 잠을 잔다. 하루 세 번 산책을 나간다. 세 번 중 한 번은 두 시간이 넘는다.

무늬는 금방 나를 사랑해버렸다. 잠도 내가 보이는 곳에서만 자고, 평소엔 전혀 말이 없다가 내가 없어질 때만 운다. 나하고 몸을 붙이고 있을 수 없는 공간과 시간도 있다는 것을 좀처럼 받아들이려고 하지 않는다. 놀라운 일이야, 정말로. 너의 작은 몸에 사랑과 아집이 생기다니. 이렇게나 빠르게. 내가 밥을 주고 이따금 같이 걸으러 가자고 한다는 이유로.

무늬가 밉다. 줄을 자꾸 당겨서, 사람들을 무례한 방식으로 탐색하려고 해서, 가만히 있던 푸들을 보고 짖어서. 하지만 그는 그것이 좋지 않은 행동이라는 걸 모른다. 내가 가르쳐주어야 한다. 개는 행동과 칭찬·처벌 사이의 시간이 길어질수록 인과를 이해하기 어려워한다고 한다. 어떤 행동 뒤에 그 행동이 잘한 행동인지 못한 행동인지 알려줄 수 있는 시간은 2초 정도 된다. 개와 소통하기 위해서 인간은 민첩하고 뒤끝이 없어야 한다. 여기서 문제는 인간은 어느 수요일에 있었던 일로 그 주를 몽땅 망치곤 하는 감정적인 동물이라는 사실이다.

개와는 잘 지내고 있다. 그것이 당분간 사람과는 잘 지내지 못하게 된다는 의미인 줄은 미처 모른 채로 무늬와의 관계는 깊어져만 간다. 리드줄을 통해서 나의 불안과 고립감이 무늬에게 전달될까 봐, 외로운 내가 그를 건강하지 않은 개로 만들까 봐 걱정이 된다. 매일 줄을 잡으며 가슴에서 피어오른 긴장이 어깨와 팔을 넘어가지 못하도록 하는 연습을 한다.

방금은 화장실 앞에서 나를 기다리던 무늬가 씻고 나온 나의 젖은 발을 핥아주었다. 간지러워서 그만 까르르 웃고 말았다.

어제는 무늬에게 다다를 소개시켜주었다. 현관으로 들어오는 다다를 보고 무늬는 겁에 질려 짖었다. 그 순간 걸레짝이 된 마음에 말뚝이 박히는 기분이 들었다. 덩치 큰 낯선 남자인 다다로부터 무늬가 나를 기필코 지키려고 하는 바람에 다다를 안아주기도 힘들었다. 무늬는 다다에게서 눈을 떼지 않으려고 했다. 다다의 발자취를 따라 맹렬하게 냄새를 맡으며 혼란스러워했다. 시간이 아무리 지나도 무늬는 나와 그 정도로 가까운 다른 존재가 있다는 것을 전혀 받아들일 수 없는 것처럼 보였다. 다다와 나는 피자를 시켜서 나눠 먹고 같이 낮잠을 잘 예정이었다. 나는 무늬를 데리고 서재로 들어와 문을 닫았고 다다는 거실에서 혼자 피자를 먹었다.

거실에 갇힌 다다에게 전화를 걸어 집에 가보는 것이 좋겠다고 말했다. 다다는 허허 웃으면서 집으로 갔다. 가는 길에 다다가 메시지를 보내왔다. "무늬야~ 어쩔 수 없어~ 네가 받아들여야 해~" 참, 성격도 좋아라. 하지만 실은 다다의 마음도 부러졌으면 어떡하지? 돌아가는 길에 다시는 맘 편하게 나와 밥을 먹고 포옹할 수 없을까 봐 걱정했으면 어떡하지? 저녁에 이어진 글방 수업에선 안부를 전하다가 머리를 감싸 쥐며 울어버렸다. 완전히 망한 것이다.

사람이 그립다. 오늘은 전도의 손길도 받아들였다. 하나님의교회에서 나왔다는 아주머니 두 분이었다. 잘생기고 순한 개라는 칭찬으로 시작해 성경 말씀을 그대로 따르는 교회는 하나님의교회밖에 없다고 끝나는 연설이었다. 지열이 올라와 숨이 막히는 인도에 오도카니 서서 그 말들을 한참 들었다. 달콤했다. 개와 나, 그리고 다른 사람들.

겁에 질려 있다.

이대로 나와 무늬 둘만 남겨질까 봐.

때로 무늬는 나만 있으면 행복하다고 말하는 것 같다.

하지만 무늬와 둘만 남겨진 내 옆에서 무늬가 오래 행복할 수는 없을 것이다.

카페와 음식점에 가는 일, 사랑하는 사람들을 만나는 일, 여러 현학적인 행사에 참여하는 일, 공연을 하는 일, 읽고 쓰면서 돈을 버는 일, 그리고 자아 뭐 그런 걸 실현하거나 성취감을 맛보는 일. 내게는 그런 것도 필요해서 마음이 처참하다. 개를 기른다고 뒤처지고 싶지 않다. 감히 그런 생각이 든다.

무늬가 오기 일주일 전부터는 거의 조금도 잠을 자지 못하면서 지냈다. 설레어서, 그리고 무서워서. 무엇이 무서웠지? 이렇게 매일 무서울 것이 무서웠지. 정신의 두 뺨을 세차게 때려 눈을 뜨게 하면 저 앞에서 새어 나오는 조그만 빛이 보인다. 빛은 이 중 네가 각오하지 않은 것은 없었다고, 울더라도 내일의 일과는 조금도 바뀌지 않을 거라고, 찾아야 할 도움과 해결해야 할 문제가 명확하며 슬픔과 공포가 무엇을 지체할 이유가 되었던 시절은 끝이 났다고 엄정하게 말한다. 이 가혹한 희망.

내게는 행복하고 건강해야 할 책임이 있다. 그건 내가 한 번도 제대로 져본 적이 없는 책임이다. 이번에는 실패해서는 안 된다.

6월 9일 목요일

지난 화요일에는 여름 공연을 위한 미팅을 했다. 무늬 때문에 이동이 어려운 나를 위해서 사람들이 집으로 많이 와준다. 걱정이 되어서 미팅 전에 사람들에게 행동 지침 몇 가지를 적어서 보냈다.

> 1. 들어오시면 제게만 관심을 주시고 무늬는 무시해주세요. 없는 것처럼 행동하시면 됩니다. 만약 무늬가 손 쪽으로 다가오면 손바닥을 펴서 슬쩍 냄새 맡게 해주시고 특별한 주의를 주시지 않아도 됩니다.
> 2. 무늬와 인사하실 때에는 몸을 기역 자로 굽혀 무늬의 머리 위로 상체를 기울이지 말고 몸을 세운 상태로 인사해주세요. 개는 사람이 자기 위로 몸을 드리우는 것+얼

굴과 눈을 정면으로 마주 보는 것을 무서워합니다.

3. 테이블 위에 간식 컵을 둘 건데요. 회의 중에 무늬가 여러분에게 슬렁슬렁 다가온다면 컵에서 간식을 몇 알 집어다가 조금씩 주세요. 천천히 친해질 수 있습니다.

집에 마지막으로 도착한 손님은 강수 님이었다. 오랜 시골살이로 어릴 때부터 개를 많이 봐왔다는 그는 군더더기 없는 몸짓으로 방을 가로질러 자기 자리를 찾아갔다. 무늬가 다가오자 타짜처럼 은근하게 손을 펴서 냄새를 맡게 하는 동시에 자신의 행동과 말이 개로 인해서 변화될 이유도 필요도 없다는 식의 당당함과 무심함을 보여주었다. 나는 무늬에게 간식을 건네주는 강수 님을 보면서 새된 소리를 냈다. 너무 섹시해, 미쳤나 봐!

오늘도 긴 산책을 다녀왔다. 두 번 혼이 났다. 한 번은 벤치에 앉아 쉬던 할머니의 무릎으로 무늬가 코를 들이밀었다. 정류장 앞의 어린이를 피하려다가 줄을 추스를 타이밍을 놓쳤다. 나를 쏘아보던 할머니의 노기 어린 눈이 지금도 보이는 것 같다. 내 망막을 지지기라도 할 듯이 맹렬하게 타오르는 시선이었다. 무늬와 내가 그의 공포와 혐오를 정면으로 건드렸다는 걸 알 수 있었다. 죄송하다고 몇 번이고 말해도 충분치 않았는데 기에 눌려 말이 잘 나오지 않았다.

또 한 번은 불광천 음수대에서 무늬에게 물을 먹이고 있는데 어떤 아저씨가 뒤에서 고함을 질렀다. "물지 않게 잘하라고!" 이전에도 분명 말하지 않았느냐는 투여서 나에게 하는 소린 줄을 모르고 지나칠 뻔했다. 혹시나 해서 뒤를 돌아보자 무늬를 가리키고 있는 남자가 보였다. 이 근방에서 개들에게 얼마나 자주 물렸는지 모른다고 투덜거리던 아저씨는 나와 눈이 마주치고선 "이렇게 큰 개들"이라고 소리쳤다가 이렇게 말을 맺었다. "……보다는 소형견들이 엄청 잘 물더라고!" 아저씨가 왜 나와 무늬를 봐주기로 했는지 아직도 모른다. 웃겨서 좀 좋은 기억으로 남아 있다.

오늘 무늬는 첫 번째 방문 훈련을 받았다. 훈련사님이 올려주신 수업 일지를 보다가 감동해서 찔끔 울었다. "교육하면서 너무 신기했어요. 저는 무늬가 축복받은 것 같아요. 무늬도 보호자님께 축복이에요." 이 와중에 칭찬에 목말라 있었다는 사실이 창피해서 실소가 났다. 요즘 나를 벅차게 하는 일, 미세하지만 분명한 매일의 성취, 마음의 바닥을 할퀴어 흙탕물로 만들어놓는 사람과 사건 들은 대체로 세상에서 크게 중요하지 않다. 돈을 지불하면 이 모든 것을 나만큼이나 중요하게 여기는 사람을 만날 수 있다는 사실, 그 사실이 신기하고 무서웠다. 훈련사님이 좋다. 일요일에 두 번째 수업을 받는다.

6월 12일 일요일

새벽에 노르웨이에 있는 K로부터 반가운 전화가 왔다. 몇 달 만의 연락인지 모른다. K가 강아지하고 같이 살게 됐느냐고 물어서 그렇다고 대답했다. 내가 K에게 살아 있느냐고 물어서 K는 그렇다고 대답했다. 우리는 한동안 야, 왜 목소리 들으니까 눈물 날 것 같냐? 그런 이야기만 하고 본론은 건드리지 않았다. 살아 있다는 걸 확인하는 것 이외에, 그리고 보고 싶다고 말하는 것 이외에는 뭐가 본론인지도 잘 모르는 관계가 있다.

행복하고 건강할 책임이라는 아주 생소한 종류의 책임을 느끼고 있다고 K에게 말했다.

“그런데 그건 내가 여태껏 친밀하게 느껴온 세계를 부정해가면서 지켜야 하는 책임으로 느껴져. 그러니까 행복과 건강 따위를 지루하고 억압적인 가치로 선언하는 세계, 긍정이나 더 나음을 향한 의지들에 보란 듯이 좆 까라고 하는 세계, 온몸으로 부정성을 체화하는 세계……. 그런 건 이제 좀 몰라야 하는 건가?"

그러자 K는 말했다.

"그러니까 너…… 약간…… 엄마가 된 거잖아?"

그의 말 사이사이를 채우는 주저함이 고마웠다. 내가 마지막까지 무늬의 '엄마'라는 표현을 쓰지 않으려고 무진 노력했다는 사실을 그는 충분히 알아주었던 것이다. 무늬를 데려올 때에는 무늬의 '친구'로 나를 명명하는 유난스러운 고집을 부렸다. 지금은 많은 순간에 난 조금 엄마구나, 깨끗하게 인정하고 만다. 가령 무늬가 내게 터, 벅, 터, 벅 걸어올 때. 그 걸음에서는 엄, 마, 엄, 마 이런 소리가 난다.

좋은 사람이 되는 일과 좋은 글을 쓰는 일은 다른 차원이라는 말을 글방에서 여러 번 했다. 글 속에서 멋진 사람이 되려고 애쓰는 사람들에게 꽤 짜증을 느끼기 때문이다. 반면 좋은 개를 기르려면 어느 정도는 좋은 사람이 되어야 하는 것 같다. 이때의 '좋음'에는 아침에 일찍 일어나기, 매일 운동하기, 체력 좋기, 솔선수범하기, 청소 잘하기, 인사성 밝기, 사과 잘하기, 내일은 조금 더 나아지리라 믿기, 당연한 듯이 내일도 안 죽기 등등이 포함된다. 매일 친구들에게 나 지루하지?라고 묻고 싶은 것을 꾹 참는다. 무엇보다 이 좋음의 목록을 수행하는 일은 뼈 빠지게 힘들며 하나도 지루하지 않다. 최선을 다해 산 만큼이나 보수적이 되는 이유를 이렇게 이해하고 마는 것인가!(무늬와 같이 산 지 고작 2주밖에 되지 않은 시점에……)

K는 최근에 1인 가구에 대한 생각을 많이 한다고 한다. 나와 함께 사는 나의 책임에 대해서. 크게 아프고 나서 술도 담배도 조심하고 있단다.

"담배는 뭐 한 달에 한 번 피우나?"

"정말?"

그 순간 K는 술과 담배를 사고 있었다. 한 달에 한 번이 될까 말까 하다는 흡연 기회가 나와의 통화에 배당되다니 황홀한 느낌이 들었다. K는 요즘엔 누가 펍에 가자고 하면 펍에 너무 가고 싶다고 생각하면서도 제가 돌봐야 될 사람이 있어서요, 제가 책임져야 될 사람이 있어서요, 그렇게 거절한다고 한다. 누구요? 상대가 물으면 저요, 라고 대답한다고. 나는 깔깔 웃었다. 그래, 우리는 집에 가면 토끼 같은 내가 있잖아, 여우 같은 내가 있잖아, '육아(育兒)'의 '아'가 '나 아(我)'잖아. K는 왁학학 웃었다.

오늘 유리와의 글방 수업, 그리고 두 번째 방문 훈

련이 있는 날이었다. 유리는 내가 여러 번 먹는 상상만 해본 음식(이 음식은 카이막이다)을 사 들고 일찍부터 우리 집에 왔다. 오늘 무늬는 유리를 살갑고 정중하게 반겼다. 여태까지 본 손님을 맞는 모습 중에서 제일 긴장이 덜했다. 곧 자신에게 일어날지도 모를 은은하게 좋은 일들에 대한 기대가 분명한 모습이었다. 무늬의 바람처럼 유리는 무늬에게 간식을 주고 예쁨을 주었다. 무늬는 오늘도 배신당하지 않는 하루를 보냈다.

훈련사님은 일주일 만에 무늬가 너무 많이 좋아졌다고, 벌써 집에서 나오는 태도부터가 다르다고 말했다. 훈련사님이 올 때엔 칭찬을 듬뿍듬뿍 받는다. 한 회 차 더 해보고, 그 이상의 훈련은 꼭 필요할지 모르겠다는 말을 들었을 때 섭섭한 생각이 들었다. 그냥 매주 주말 무늬를 칭찬하러 와주시면 안 되나요? 그런 제안을 하는 상상을 잠깐 해보았다. 돈이 썩어 문드러지게 많다면 그럴 수 있을지도 모르지. 무늬가 '노견'이 되기 전까지 우리에게는 약 3~4년 정도의 시간이 있다. 그 안에 한 번쯤 무늬와 어질리티 경기에 나가보고 싶다. 함께 땀을 흘려보면 도나 해러웨이가 더 사무치게 읽힐지도 모른다. 이를테면 그의 이런 문장들.

> 우리는 금지된 대화를 나눠왔다. 우리는 입으로 정을 통해왔다. 우리는 사실로만 이루어진 이야기로 또 다른 이야기를 들려주는 이야기로 묶여 있다. 우리는 불통에 가까운 대화로 서로를 훈련하는 중이다. 우리는 구성적으로 본바탕이 반려종이다. 우리는 서로를 살 속에 만들어 넣는다. 서로 너무 다르면서도 그렇기에 소중한 우리는, 사랑이라는 이름의 지저분한 발달성 감염을 살로 표현한다. 이 사랑은 역사적 일탈이자 자연문화의 유산이다.•

6월 17일 금요일

아침의 긴 산책에서는 희망을 주는 일이 있었고 기분 더러운 일이 있었다. 두 일은 거의 동시에 일어났다.

근처 동산의 산책로를 넘어가면 나타나는 작은 숲 공원에서 종종 산책하는 다른 개들을 마주친다. 그때마다 나는 좀 긴장한다. 무늬는 아직까지는 다른 개를 보면 몸이 돌처럼 굳는다. 그리고 오로로로로

• 도나 해러웨이, 황희선 옮김,《해러웨이 선언문》, 책세상, 2019, 117쪽.

하는 소리를 낸다. 무늬에게는 저 멀리 있는 개에게도 오지 말라고 소리쳐야 하는 소심하고 방어적인 구석이 있다. 겁은 많고 울림통은 큰 무늬가 으르렁거리면 줄을 잡은 내 가슴통까지 따라 울리는 것처럼 느껴지기도 한다. 예민하고 겁이 많거나 공격성이 있는 대형견과 함께 사는 보호자들이 새벽 산책을 하게 되는 이유가 있는 것이다. 확실히 어둑어둑할 때 집을 나서면 마음이 편하다. 그러나 타이밍을 잘 못 맞추면 다른 개를 꺼리는 개들끼리 아주 정모를 하게 되는 수가 있다. 동네의 예민한 개들, 그리고 그들의 죄스러운 보호자들이 몰래 쏟아져 나오는 황금 시간대가 있는 것이다.

이른 아침에 그 숲 공원에서 설기라는 어여쁘고 침착한 개를 만났다. 설기는 크림색이 도는 흰 털을 가진 중대형견이었다. 이목구비만 보면 자알생긴 진도를 닮았지만 진도보다는 몸집이 크고 털도 풍성했다. 무늬의 반경 20미터 내에 개가 나타나면 나는 그쪽의 산책 스타일과 동선을 파악하려고 눈이 바빠지는데, 설기는 얼마나 산책을 곱게 하는지 멀리서 실루엣만 정탐하는데도 그저 감탄스러웠다. 설기는 풀이 다칠까 봐 염려라도 하듯이 모든 식물에 코끝만 대보곤 냄새를 다 맡았다며 보호자에게로 돌아가곤

했다. 의젓한 설기도 대형견이라서 이렇게 일찍 산책을 하게 된 걸까? 혹은 설기의 보호자가 원체 부지런한 걸지도 모르지.

나는 잘못 없는 설기가 무늬에게 한 소리를 들을까 봐 일찌감치 그들과 거리를 벌렸다. 그러나 설기와 설기의 보호자는 우리와 꼭 인사를 하고 싶었던 것 같다. 설기네는 성큼성큼 우리 쪽으로 다가왔다. 나는 목소리를 길게 뽑아서 무늬가 다른 개를 두려워하니 잠깐 자리에 계시면 이쪽이 먼저 피하겠다고 말했다. 막다른 길목에서 용을 쓰다 뒤를 돌아보니 설기네가 5미터도 되지 않는 거리까지 와 있었다. 설기는 아주 햅-삐한 표정으로 무늬를 보며 살랑살랑 꼬리를 흔들었다. 식겁하여 무늬를 확인하는데 무늬의 반응도 썩 나쁘지 않았다. 무늬는 처음으로 5미터도 안 되는 거리에 있는 개를 마주 보면서 내 옆에 가만히 앉아 있었다. 물론 목석처럼 몸을 딱 굳히고 불편한 티를 팍팍 내기는 했다만…….

설기의 보호자인 여성분은 꽤나 적극적으로 설기와 무늬를 인사시키고 싶어 했고 나는 그것이 약간 부담스러워서 그 이상으로 거리를 좁히지 않으려고 노력했다. 물론 유혹적인 생각이 든 것도 사실이다. 만약 설기와 매일 아침 멀리서 마주칠 수 있다면, 자기들도 모를 만큼 조금씩 거리를 좁혀가며 평행 산책을 하는 나날이 이어진다면, 무늬는 내가 생각했던 것보다 몇 개월은 빨리 친구를 하나 사귈지도 몰라.

설기네: 인사시키면 안 돼요?

나: 훈련사님이 산책할 때 다른 개와 인사하는 건 아직은 피하는 게 좋겠다고 하셔서요.

설기네: 언제 입양하셨어요?

나: 얼마 안 됐어요. 한 달도 안 됐어요.

설기네: 몇 살인데 아직 강아지 친구를 못 만나요?

나: 세 살 반인데 아직 사회화 훈련이 덜 되었어요.

설기네: 여기 설기도 세 살 반이에요. 순해 보이는데……. 유기견이에요?

나: 네, 도살장에서 구조됐다고 해요.

설기네: 설기도 유기견이에요. 안산에서 왔어요.

나: 그렇구나! 무늬는 파주에서 왔어요.

그때 설기의 보호자 뒤쪽에서 화가 머리끝까지 난 남자가 홀연히 등장했다. 그는 에에에에에이 씨이이이발 하고 사방에 욕을 발사하고 있었다. 개똥이 묻었다는 발을 덱에 쾅쾅 내려치면서 남자는 걸었다.

아이이씨빨개새끼들이똥을싸서이런씨발새끼들개애
애를데리고나왔으면똥을씨발에이이이이

진부한 조합의 욕설이었음에도 그 남자의 존재는 놀랍도록 생경하고 생생했다. 왜냐하면 길에서 마주친 사람이 그렇게까지 분명하게 나를 향해 말하고 있음을 알게 되는 경우가 흔치 않기 때문이다. 사람인 설기 보호자와 나도, 개인 설기와 무늬도 오해의 여지 없이 그것이 우리에게 위협을 주려는 소리라는 걸 알았다. 그걸 외면할 도리가 없었다. 설기의 보호자와 나는 눈빛을 교환하고 신속하게 해산했다. 남자는 그 뒤로도 분이 안 풀렸는지 나와 무늬를 느릿느릿 따라왔다. 남자와 남자의 욕지거리가 일정 거리를 유지하면서, 그러나 집요하게 나와 무늬를 쫓았다. 산책이 끝나고는 목덜미에 너무 많은 씨발이 들러붙어 있는 느낌이 들었다. 당분간 숲 공원과 그 남자에 대한 악몽을 꿀지도 모른다.

하지만 내일도 거기서 설기를 만나면 좋겠다. 그리고 두 개가 제대로 인사를 나눌 때까지는 여러 날이 필요하니 당분간 비슷한 시간대에 우연인 듯 지나쳐보아도 괜찮겠냐고 설기의 보호자를 설득하고 싶다. 그럴 수 있다면 내 등에 바짝 붙던 씨발을 떨쳐

낼 용기를 내볼 텐데. 나는 개똥을 잘 치운다. 남의 개똥도 내 개똥처럼 치우며 다니자고 앞장서서 말하는 보호자들도 있다. 나도 얼마든지 그렇게 할 수 있다. 그러나 씨발남은 그런 방식으로 없어지는 게 아니다. 이 사실을 개를 키워야만 알 수 있는 것도 아니다. 당연히 앞으로도 무수한 씨발남을 만나게 될 것이다. 씨발남들의 산과 강을 건너야 한대도 매일 산책 나갈 용기만큼은 손상되지 않았으면 좋겠다. 어디선가 또 설기를 마주쳐야 하기 때문이다.

오늘은 산책을 네 번 나갔다. 무늬는 느낌표보다는 말줄임표로 행복을 표현하는 타입이다. 이를테면 내가 산책을 나가자고 했을 때, 내가 목줄을 들고 이거 할까 물었을 때, 목줄을 했으므로 산책을 나가는 것이 확실할 때, 세 번도 아니고 네 번째로 산책을 나가자고 했을 때. 그럴 때 무늬는 기쁨에 겨워 짖거나 뛰지 않는다. 대신 내 가랑이나 가슴팍에 얼굴을 와락 박고 고개를 푹 떨군 채 오도카니 있다. 이런 행복은 고개를 들고서는 감당하기가 어렵다는 듯이. 그 모습은 첫눈에는 슬픔이나 좌절감의 실루엣처럼 보이기도 한다. 그럴 때 나는 무늬와 내가 동류라고 느낀다. 좋은 건 좀 슬프지. 네가 맞아. 나도 알아. 나는 무늬의 등 위로 몸을 드리우고 천천히 무늬의 몸을 앞에서 뒤로 쓸어준다. 여린 배와 탄탄한 가슴통도 부드럽게 두드린다. 슬픔에 일가견이 있었던 사람은 나중에 어떤 개를 잘 다독일 수도 있다. 고통의 쓸모나 시련의 의미를 논하려는 건 아니다. 삶을 곧 고통으로 감각하는 모든 사람들이 개를 잘 키울 거란 말도 아니다. 다만 슬픔에 능숙했던 나머지 다른 동물에게 선뜻 침착함을 줄 수 있을 때가 오면 그 순간은 실로 놀라울 거라고 말하고 싶을 뿐이다.

월드컵공원에 가야겠다, 그게 그날 새벽의 결론이었다. 옆에는 지난 10년간 나와 부대낀 남자가 코를 골며 자고 있었다. 나와 남자 사이에는 개가 있었다. 내 침대는 좁다. 남자가 오는 날에는 따로 자야 한다고 개에게 가르쳤지만, 동이 틀 때쯤이면 그는 어김없이 침실로 찾아와 자는 사람들 사이에 얼굴을 파묻는다. 지난 밤의 외로움과 새 아침의 반가움을 무리에서 떨어져서 견디기는 어렵다는 듯한 몸짓이다.

개와 남자가 곤히 자는 동안 나는 이대로는 안 된다는 생각으로 깨어 있었다. 잠도 안 자고 유튜브를 보는 것, 그런 내가 싫어서 벌떡 일어나 샤워하는 것, 뜨거운 물을 맞으며 읽지 못한 책의 목록을 헤아려보는 것, 말끔해진 몸을 누이고 아무렇지 않게 다시 유튜브를 보는 것, 그런 건 다 안 된다는 생각. 그 대신 달리기를 다시 시작해야 한다는 생각. 그런데 달리기를 하려면 먼저 반려견 훈련 센터에 등록하는 게 좋겠다는 생각. 나와 개가 나란히 달릴 수 있다면 산책과 달리기에 따로 시간을 들이지 않아도 되기 때문이다. 훈련을 게을리하는 바람에 나의 개는 앞으로 튀어 나가려는 충동을 잘 다스리지 못하게 되었다. 땅 냄새를 맡느라 고개를 잘 들지 않고 마킹도 잦다. 존경하는 훈련사의 유튜브에서 맘대로 냄새를 맡게 하지 말고 보호자에게 집중시켜야 한다고, 영역을 확인하려는 본능보다 무리를 따르려는 본능을 키워야 편안하고 행복한 개가 된다고 그랬는데. 인생에 꼭 한 번은 그 훈련사에게 배우고 싶다는 생각. 그런데 그러려면 반드시 운전을 배워야 한다는 생각. 그 사람의 트레이닝 센터가 일산에 있으므로. 펫 택시에 큰돈을 쓰는 방법도 있지만, 이미 수업만으로도 부담스러운 금액이라는 생각. 그러니까 결국 돈을 벌어야 한다는 생각. 돈을 벌려면 글을 써야 한다는 생각. 글을 쓰려면 일단 잘 자야 한다는 생각. 그러려면 이런 생각을 다 그만해야 한다는 생각. 생각을 그만두고 뭔가 실체가 느껴지는 경험을 하고 싶다는 생각.

개와 남자와 나는 오랫동안 이 집과 동네를 벗어나지 않았다. 설 연휴를 맞아 월드컵공원에 가는 게 어떨까. 반려견 운동장에서 뛰어놀다가 난지연못을 산책하자. 충분히 걷고 나서 벤치를 찾아 앉자. 보온병에 담긴 뜨거운 차나 커피를 마시자. 찬 겨울을 몸에 묻히고 돌아와 따뜻한 음식으로 배를 채우자. 뇌가 아니라 살이 기억하는 삶을 살자. 내가 어디를 가자고 말하는 건 드문 일이다. 나의 무리는 틀림없이 기뻐할 것이다. 흐뭇한 마음으로 개와 남자의 얼굴을 쓰다듬는데, 별안간 가슴에 날카로운 통증이 느껴졌다. 개의 털과 남자의 피부가 손에 닿는 느낌이 지나치게 익숙했다. 이런 흐름의 새벽을 나는 무수히 반복했다. 통증의 정체는 예감이었다. 우리는 월드컵공원에 가지 못할 것이다. 돈의 부족을 이유로, 시간의 부족을 이유로, 우울의 과잉을 이유로. 나는 달리지도, 반려견 훈련을 등록하지도, 운전을 배우지도 않을 것이다. 지난주, 지난달, 지난해의 언젠가 소망했으나 그러지 않았던 것처럼.

동시에 다른 예감 하나가 머릿속에 끼어들었다. 눈치도 없고 염치도 없는 예감. 그건 다음번 에세이는 이 새벽을 가지고 쓰게 되리라는 예감이었다. 에세이의 결말은 정해져 있다. 개와 남자와 내가 월드컵공원에 가지 못한다. 그러나 결말을 안다고 해서 그 글의 주제까지 정해진 것은 아니다. 이 이야기는 과연 '어떤' 이야기인가? 결코 프러포즈하지 않는 연인들과 결코 변화하지 않는 개가 침대에 누워 있는 이야기. 이 이야기는 무엇에 관한 에세이가 되어야 할까? 무기력에 관한 에세이? 일상 속의 사소한 실패가 삶 전반에 대한 음울한 예언처럼 느껴지는 순간에 대한 에세이? 잘 쓴다면 누적될 뿐 생산하지는 않는 반복에 대한 에세이, 더 잘 쓴다면 그런 반복을 가까스로 긍정해볼 여지가 있는지 탐구하는 에세이로 만들 수 있다.

그러나 뜻밖에도 이 에세이는 쓰이기 전부터 큰 난관을 맞는데, 우리가 월드컵공원에 가는 데 성공하고 만 것이다.

••

월드컵공원에 갔다면 월드컵공원에 갔다고 쓰면 끝나는 문제가 아닌가? 안타깝게도 그렇지 않다. 첫째로, 월드컵공원에 갔다는 실제 사실보다는, 월드컵공원을 가지 못할 거라고 예감하던 순간이 내 삶에 관하여 더 필연적이거나 가치 있는 진실을 말해준다고 나는 느낀다. 둘째로, 월드컵공원에 가고 싶어서 정말로 월드컵공원에 가버리는 '나'는 내가 잘 부릴 수 있는 서술자가 아니다. 계획과 실천 사이의 시차가 적은 화자 '나'는 공원을 거닐며 무엇을 느낄까? 그 전에, 그 '나'는 쓸데없는 상념에 잠겨 밤을 새울까? 그 '나'의 개는 줄을 당기는 습관이 들었을까? 아니, 과연 개를 키우기나 했을까? 나는 잘 모른다. 내가 더 든든하다고 여기는 서술자는 주로 집에 있고 잠을 못 이루며 공원에 거의 가지 않는다. 그 여자의 개는 크고 줄을 당긴다.

물론 나에게도 개인적인 변화와 성장을 위해 마련해놓은 계획들이 있다. 얼마 전에는 심지어 "느끼고 싶지 않은 기분을 느끼지 않으면서 살자"라거나 "잘 살 수 있어, 담이야" 따위의 메모를 손으로 써서 거울과 침실 벽면에 붙여놓기도 했다. 해병대 캠프가 연상된다는 누군가의 놀림을 감내하면서 말이다. 그럼에도 이야기에 있어서라면 나는 매일 아침 그 종이를 보면서 더 잘 살아보자고 다짐하는 서술자를 친밀하게 느끼는 데 어려움을 겪는다. 짐작되는 이유는 여러 가지다. 내가 탁월하다고 생각하는 에세이에 이런 얘기는 잘 나오지 않아서. 이런 서술자가 강화하고 말 능력주의적, 성장 지향적 이데올로기가 께름칙해서. 제일 단순하게는, 그냥 그런 나는 도무지 나로 느껴지지 않아서.

에세이라는 장르의 기원이 된다는 몽테뉴의 책, 《에세(Essais)》의 그 유명한 첫 문장을 떠올려본다.

독자들이여, 여기 이 책은 솔직한 책이다.

몽테뉴는 이어서 이렇게 말한다. "나는 독자들이 나를 나인 대로, 가식과 꾸밈 없이 솔직하고 자연스러우며 평범한 내 모습을 봐주기 바란다. 여기 그려진 건 바로 나다."• 어려운 단어라곤 하나도 없지만 들여다볼수록 불가해하게 느껴지는 문장들이다. 몽테뉴에게 자연스럽다는 건, 솔직하다는 건 무슨 의미일까? '바로 나'를 알아보는 일, 그토록 까다로운 작업을 몽테뉴는 어떻게 해낸 걸까?

내가 운영하는 글방의 합평 시간에도 '솔직하다'는 좋은 에세이를 칭찬하는 표현으로써 빈번하게 등장한다. 여러 용례를 관찰한 바 '솔직하다'에는 다양한 함의가 있다. 사회적으로 지탄받거나 삼가야 한다고 여겨지는 행동, 신념, 욕망 따위를 드러냈다는 의미일 때도 있고, 일반적으로는 좋아할 만한 대상을 싫다고 했거나 일반적으로 싫어할 만한 대상을 좋다고 했다는 의미일 때도 있다. 그도 아니면 그냥 섹스 얘기를 자주 하신다는 말의 완곡한 표현일 수도 있다.

'솔직하다'는 표현이 가장 흥미로울 때는 작가가 자기에게 일어난 일을 있는 그대로 적었음이 느껴진

• Michel de Montaigne, 《Essais》, 1580.

다는 뜻을 담고 있는 경우다. 이 말은 정말 묘한데, 왜냐하면 타인으로서는 결코 알 수 없는 부분이기 때문이다. 그럼에도 분명 좋은 글에는 독자가 작가의 '있는 그대로'를 만나는 대목, 너무나 생생하고 구체적인 나머지 이야기가 작가의 현실을 넘어 독자의 현실이 되어버리는 대목이 있다. 그러나 바로 그 대목이 작가로서는 가장 '있는 그대로' 쓰지 않기 위해 저항한 흔적이라는 고약한 주장도 해봄 직하다. 우리는 경험을 스스로 인식하는 단계에서조차 진부한 틀을 적용한다. 제아무리 독특한 고난이 찾아온다 한들, 그 경험을 '산전, 수전, 공중전을 다 겪었다'는 수사를 통해 감각하는 게 정확하다고 믿는 상투적 자아를 데리고 할 수 있는 일은 많지 않다. 편안하고 익숙한 방향으로 굳어 있는 경험을 진실에 가까울 때까지 구부리는 게 작가의 주된 업무라면, 에세이를 쓰려는 사람에게 '솔직하게 쓰라'는 조언이 알려주는 것은 거의 없다.

대신 '솔직하다'의 용례들은 에세이 읽기에 관한 사실만큼은 분명하게 알려준다. 에세이를 읽는 독자는 이렇게 전제한다. 에세이란 작가가 실제로 경험한 일을 적는 글이다. 에세이의 서술자는 작가의 일상적 자아와 일치한다.

이런 전제는 에세이스트들을 아주 곤란하게 한다.

에세이의 서술자인 '나'는 과연 지금 책상에 앉아 있는 '나'와 일치하는가? 그렇기도 하고, 아니기도 하다는 것이 버지니아 울프의 대답이다.

> 자아란 문학에서 본질적이면서도 가장 위험한 적수이다. 결코 자기 자신이 되지 않되 항상 자기 자신이라야 한다는 것이 문제이다.*

비평, 에세이, 회고록을 아우르는 논픽션의 대가인 비비언 고닉은 작가 본인과 논픽션의 서술자는 확실하게 구분된다고 말한다. 자아 그 자체를 재료로 삼는 작업을 하려는 작가라면 나에서 뽑아냈으되 나에서 그치지 않는 나로서의 서술자를 연마해야 한다는 것이다. 미국의 문학잡지 《빌리버(The Believer)》와 진행한 인터뷰**에서 비비언 고닉은 작가의 두 자

- • 버지니아 울프, 최애리 옮김, 《문학은 공유지입니다》, 열린책들, 2022, 155쪽.
- •• 이 인터뷰는 현재 《빌리버》 웹사이트에서 내려갔다. 2014년 3월 1일자 인터뷰라는 점은 확인되지만 본문을 읽을 수는 없다. 구글 검색을 통해 이 인터뷰의 본문 파일을 소유하고 있던 나는 글을 다 쓰고 나서야 이 사실을 알았다. 비비언 고닉이 나를 용서할지는 잘 모르겠다.

아를 이렇게 구분한다. 일상적 자아는 일관적이지 않고, 아무 말이나 해도 된다. 그러나 이야기의 "페르소나", 즉 "작가의 민낯이라는 원료로 만들어지는 서술자"•••에게는 반드시 일관성이, 독자가 믿고 의지할 만한 목소리가 있어야 한다.

한발 더 나아가, 비비언 고닉은 작가는 실제 사실이 아니라 이야기에 복무하는 존재라는 견해를 강하게 밀어붙인다.

> 나는 항상 이야기를 꾸며내요. 심지어 있는 그대로의 진실을 말해야 할 때조차 그렇게 하죠. 어떤 일이 일어나면, 나는 실제로 일어난 일은 어떤 이야기의 부분에 그친다는 걸 깨달아요. 그러면 나는 그 이야기를 만들어야 해요. 그래서 거짓말을 하죠. 그러니까 결국 사람들은 내가 거짓말을 한다고 생각하리란 뜻이에요. 하지만 아시죠. 이야기하기를 거부할 수는 없어요. 그리고 난 누구에게도 실제 사실을 말할 의무가 없어요. 실제가 뭔데요? 그게 누가 상관할 일인가요?

••• 비비언 고닉, 이영아 옮김, 《상황과 이야기》, 마농지, 2023, 11쪽.

(I embellish stories all the time. I do it even when I'm supposedly telling the unvarnished truth. Things happen, and I realize that what actually happens is only party a story, and I have to make the story. So I lie. I mean, essentially—others would think I'm lying. But you understand. It's irresistible to tell the story. And I don't owe anybody the actuality. What is the actuality? I mean, whose business is it?)

또 다른 베스트셀러 회고록 작가인 메리 카는 비비언 고닉의 이 발언을 자신의 저서《자전적 스토리텔링의 모든 것》에 인용하면서 불쾌함을 숨기지 않는다. 이야기를 더 좋게 하기 위해 사실을 윤색한다고 말하는 작가를 참을 수 없으며, 그런 글은 먹는 사람 모르게 고양이 똥을 소량 넣은 샌드위치나 마찬가지라고 말이다.• 메리 카와 같은 이유로 비비언 고닉에게 화를 내는 독자도 많을 것이다. 실제로 비비언 고닉은 사석에서 자신을 만난 한 독자가 기대했던 모습과 다르다는 이유로 그를 비난했다는 일화를 들려주기도 한다.

• Laura Miller, 〈The Mask: Mary Karr, master of memoir〉, 《Slate》, https://slate.com/culture/2015/09/mary-karrs-the-art-of-memoir-reviewed.html.

내가 듣기에도 저 인터뷰 속 비비언 고닉의 목소리는 지나치게 이죽거린다. 듣는 이의 심기를 일부러 거스르려는 듯한 짜증과 위악이 배어 있다. 인터뷰의 후반부를 읽으면 비비언 고닉이 이토록 지겨워하는 대상은 '나' 정도야 알기 쉽다는 가정하에 논픽션 작가의 작업을 은근히 폄하하는 사람들임을 유추할 수 있다. 실제로는 자아를 다루는 일만큼 어려운 일이 없는데도 말이다. 만약 메리 카가 화가 난 이유가 '솔직하게 쓰기는 어렵고 거짓으로 쓰기는 쉽다'는 생각 때문이라면, 내가 보기에 두 사람은 어느 정도 같은 말을 하고 있다. 작가에게 어렵게 쓰기를 주문한다는 점에서 말이다.

《에세이즘》에서 브라이언 딜런이 해부하는 수전 손택을 보면, 자아를 창조하는 일이 얼마나 많은 "노력과 조바심"[••]을 수반하는지 느낄 수 있다. 브라이언 딜런이 보기에 손택은 일기를 통해 가능한 한 많은 손택을 시험하고 연습하면서 에세이스트를 창조하고 있다. 도저히 흉내 낼 수 없는 스타일을 가진 작가들을 향한 선망, 그 선망을 스스로 평가절하하기 위해 선택했을 다소 오만스런 분석, 무엇보다 끝없는

•• 브라이언 딜런, 김정아 옮김, 《에세이즘》, 카라칼, 2023, 158쪽.

목록과 다짐 들. 그걸 읽고 있노라면 자아의 대장간에서 망치와 모루를 붙들고 '덜 된 수잔 손택'을 깡깡 내리치고 있는 손택의 모습을 상상하게 된다.

> 그렇게 막 미소 짓지 말 것. 꼿꼿이 앉아 있을 것. (…) 그리고 무엇보다도 내 혓바닥 뒤에서 끊임없이 출력되는 자동 테이프의 모든 문장들을 다 말하지 말 것.•

청년 시절의 일기에 손택이 써두었다는 메모를 보며 나는 거의 외면하고 싶을 만큼 저릿한 동질감을 느낀다. 수전 손택에게조차 '수전 손택 되기'란 만만한 일이 아니다. 비비언 고닉에게도, 메리 카에게도, 몽테뉴에게도 마찬가지였을 것이다.

••

그래서, 나는 어떻게 쓰면 좋을까? 만약 어떤 경험이 내가 자주 협업하는 서술자의 관성에는 부합하지 않는데도 불구하고 간단하게 들어내지지가 않는다

• 같은 책, 161쪽.

면 그때는 어떻게 써야 할까? 논픽션 선배들의 공통적인 조언을 무도하다시피 축약하면 대답은 "더 어려운 쪽으로 써라"가 될 것 같다.

실제로는 월드컵공원에 갔으면서도 월드컵공원에 가지 못했다고 쓰는 건 큰 문제가 아니다. 이야기가 원하는 바가 그렇다면 나는 기꺼이 그렇게 쓸 것이다. 그러나 세 번째 예감이 머리와 가슴을 가렵게 한다. 월드컵공원에 갔다는 사실이 나를 난처하게 한 게 아니라면? 그보다는 월드컵공원에 간 게 좋았고, 그 좋음이 계속 신경 쓰인다는 점이, 이번에는 이 좋음 쪽이 더 의미 있는 이야기로 느껴지기 때문에 난처한 거라면? 그렇다면 이번에 더 어려운 쪽은 이 가려움의 정체를 인정하는 일이다. 불운하게도 내 몸 어딘가에서 새 서술자가 돋고 있다. 그는 우리가 월드컵공원에 가는 이야기를 원한다.

하지만 너무 귀찮다. 그걸 다 어떻게 쓴단 말인가? 그날 월드컵공원은 아주 추웠다. 내내 포근한 날씨일 거란 예보와 다르게 개와 남자와 내가 공원에 있는 동안에는 칼바람이 불고 싸락눈이 내렸다. 그 추위 속에서 소위 한강 라면, 그러니까 전기 라면을 처음으로 먹어봤던 일, 눈바람을 맞은 면발이 알맞은 염도와 온도로 변화하는 걸 우스워하던 일, 흥에 겨워 좀처럼 똑바로 걷지 못하는 개를 예뻐하는 연인의 표정을 보던 일, 먹고 죽을래도 없는 돈을 근력 운동을 배우는 데 쓰는 게 나을지 개 훈련에 쓰는 게 나을지를 함께 토의하던 일, 운동장의 진창을 뛰어다니느라 흙 범벅이 된 개를 목욕시키고 누워서 이제 어떤 글을 쓸지 막막해하던 일. 이 모든 걸 기억하는 일이 귀찮다. 새 단어를 구하러 다닐 일이 귀찮다. 가고 싶었던 곳에 정말로 가는 이야기 또한 잘 쓰는 사람이 되고 싶다고 생각하는 일이 너무나 귀찮다.

〈월드컵공원 (못) 가는 이야기〉, 《자음과모음》 60호.

내 안에 만 명의 여자가 있어.

언젠가 연인이 내 안에 있는 여자 말고 다른 여자를 만나고 싶을까 봐 그렇게 말했다. 나는 약속했다. 내 안에 만 명의 여자가 있다고, 다 만나려면 시간이 걸릴 거라고, 그러니 한눈팔 생각은 하덜 말고 나하고 오래오래 있자고. 지금 생각하면 그건 유혹적이지 않고 공포스럽기 짝이 없는데 어떻게 그런 말을 잘도 했는지 알 길이 없다. 아무튼 그런 창피한 거짓말을 해서인지 나는 저주를 받게 되었다. 내 안에 정말로 만 명의 여자가 살게 된 것이다. 어깨 양쪽에 천사하고 악마 하나씩을 두고도 괴로워하는 캐릭터가 책이며 영화며 그득그득한데, 만 명이라면 나는 어떻게 사람 구실을 해야 할까.

페미니즘을 처음 배웠을 때 찾아왔던 그 명징한 깨달음의 순간을 기억하고 있다. 갑자기 모든 것이 분명해진다. 문자 그대로 모든 것이. 개인적인 상처와 어려움일 뿐이라고 생각했던 사건들은 유구한 역사와 전통을 지닌 차별과 착취의 구조 안에서 이해되기 시작한다.

거대하고 견고한 성을 이루는 작은 못으로서의 나를 본다. 그리고 그 옆에 있는 못, 그리고 그 옆에 있는 못의 끝나지 않는 연쇄를 직시한다. 우리는 기여하지 말고 균열이 되자. 우리는 이 성을 무너뜨리자. 각성은 강렬하고 연대는 쉬웠다. 페미니스트들에게는 첫 번째 증언이란 게 있다. 너무 많은 여자에게서 말해졌으나 나에게는 최초인 상태로 단어들이 흘러나온다. 우리의 증언은 포갤 수도 있을 만큼 닮았다. 어떤 증언은 넌더리가 나게 진부하다는 바로 그 지점에서 강렬하다. 그런 일치의 경험, 그리고 동일성의 경험 안에서 내 옆에 있는 여자의 손을 잡는 건 하나도 어렵지 않았다.

그건 초심자의 운이었을 뿐이고, 이후로 삶은 내내 고통스러웠다. 여성 억압에 저항하고, 가부장제를 철폐하자. 그런데…… 그게 뭐지? 여성이 뭘까? 어디까지가 여성일까? 억압을 어떻게 규정하나? 억압이 나쁜가? '저항'과 '철폐', 과연 어떻게 하는 걸까? 경험은 여러 번 다시 읽혔다. 해석은 번복되었다. 단어는 미끄러지고 녹아내렸다. 메두사의 머리처럼, 서로 맞지 않는 말을 하는 시뻘건 입들이 내 안쪽을 향해 우글우글 자랐다.

어떤 머리는 딸의 이름으로 아버지를 죽이자고 말

하고, 어떤 머리는 우리들 딸의 과업이란 게 아버지를 죽이는 것밖에는 없느냐고 말한다. 어떤 머리는 남자의 펜과 이성을 갈취하여 자매들에게 쥐여주고, 어떤 머리는 마녀의 피와 광기를 보전했다가 귀신과 짐승에게 잉크로 준다. 어떤 머리는 분명하고 건조하게 웅변하길 좋아하는가 하면 어떤 머리는 사유를 뒤집고 접고 꺾어 소문으로도 못 쓸 말을 중얼거린다. 한 여자는 어느 저녁 농담의 기능이란 공동체 내부의 문법을 공고히 하고 착취를 은폐하는 것일 뿐이라고, 그러므로 우리는 결코 우스워지지 말고 있는 힘껏 진지해지자고 말한다. 여자는 같은 날 새벽에 일어나 우리 같은 존재들은 농담을, 유머를 잃는 순간 끝장나는 거라고, 그러므로 우리의 삶을 다 바쳐 우스워지자고 오직 우리만이 우리를 웃음거리로 만들자고 말한다. 하나도 안 야했어, 그런 말에 안도하는 가슴이 있고, 야해 너도 야해, 그런 말에 비로소 불을 켜보는 등도 있다.

니키 미나즈는 "그래 내가 요리해, 그래 내가 청소해.(Yes I do the cooking. Yes I do the cleaning.)" 이렇게 노래했다. 카디 비는 "난 요리도 안 해, 청소도 안 해, 근데도 내가 이 반지를 어떻게 얻었게?(I don't cook, I don't clean. But let me tell you how I got this ring?)" 그렇게 받아쳤

다. 존경하는 벗이자 동료인 이끼는 장애 인권 동아리 턴투에이블의 여섯 번째 문집《병신육갑》의 서문에서 다음과 같이 썼다. “아니 아니지 그것만으로는 안 되고 더 나아가서는 병신의 사용권을 장애인에게만 주어야 하는 것이 아닐까 병신이라는 말이 갖는 공격성과 파괴력을 바로 장애인만이 가져야 하는 것이 아닐까” 한편, 턴투에이블이 열었던 오픈 세미나 ‘병신육갑’의 마지막 시간에 어떤 여성분은 손을 들고 이렇게 말했다. “저는 장애인활동지원사입니다. 병신이라는 말은 장애인들에게 상처를 줍니다. 그래서 저는 병신이라는 말을 쓰지 않습니다. 이상입니다.” 그의 말은 짧았으나 더할 것이 없었다. 6년 전의 어느 술자리, 나의 퀸 듀이는 담배를 피우러 나와서 나를 처음 보곤 아래위로 훑다가 “어머, 미친년-” 그랬고 나는 깔깔깔 웃었다. 그 순간부터 우리는 친구가 될 거라서 웃었다. 나는 이 얘기를 자랑처럼 하길 좋아하는데, 한번은 상대가 진짜로 너더러 ‘년’이라고 그랬느냐고 정색하는 바람에 아주 머쓱해진 경험이 있다.

그러므로 나는 대개 지쳐 있다. 웬만하면 자가당착에 빠져 있다. 아무것도 쓰지 않기를 원한다. 되도록 입을 다물고 싶다. 참다 못해 말을 하게 된다면 그

중 어느 것도 기록되지는 않기를 바란다. 더 좋은 말이 나타날 테니까. 그럴 시간에 쌀을 안치고 플래너를 정리하고 질 좋은 잠을 자고 내일 하루를 일구어 보는 게 어떨지. 그러다가 하여튼 지금보다 나은 뭐라도 되면 어떨지.

이론과 사상의 층위를 떠나도 분열은 여전하다. 나와 지극한 편애를 주고받는 여러 우정 공동체의 모습 또한 제각각이다. 운동화 끈을 탄탄하게 묶고 늘 어딘가로 사뿐히 뛰어가는, 유리병을 소독해서 토마토 절임을 만들고 그걸 내게도 한 병씩 선물하는 애들이 있다. 반대로 씻으러 가야 한다고 생각하면서 그냥 누워 있는 애들도 있다. 씻으러 가고 싶지만 몸을 일으킬 수가 없다고, 다섯 평 방 안에서도 몸을 일으키려고만 하면 방이 운동장처럼 넓어진다고 말하는 애들이 있다. 복싱 선수가 줄넘기 하듯 글 쓰는 애도 있고 환자가 토하듯 글 쓰는 애도 있다. 그들은 한 명이고 또 만 명이다. 유일한 공통점이라면 그들이 전부 글을 쓰고 있다는 것뿐이다. 최근에는 비건이 하나둘 늘어간다는 것도.

비거니즘은 좀 다를 줄 알았다. 적어도 실천의 차원에서는. '고기를 먹지 않기'란 '가부장제 부수기'에 비하면 얼마나 오해의 여지가 없고 명확한 실천의 강령처럼 보이는지? 비건을 지향한다는 것은 상상력을 확장하고 관계의 가짓수를 늘리는 일이기도 하지만, 구체적으로 보면 선택지를 줄이는 일이기도 하다. 비건이 되고 보니 집 근처에서 내가 밥을 먹을 수 있는 식당은 한 군데 정도로 밝혀졌다. 홀가분하기 그지없었다. 오늘 뭐 먹지 그런 고민에 시간을 낭비하지 않아도 됐으며, 배고픔을 잊게 할 만큼 분명한 당위가 내게 있었다. 부지런히 하루 두 끼 세 끼 정도 밥을 하면 영혼에도 근력이 붙는 느낌이었다.

그것도 역시 초심자의 운이었을 뿐이다. 나는 매일 더 여러 갈래로 찢어지고 있다. 발가락 근육을 움직여 발을 침대 밖으로 뻗고 그 아래 있는 바닥에 내려놓는 것부터가 기억나지 않는 무기력의 날이 오면, 비건을 지향하는 일이 스스로에게도 아주 배부른 소리처럼 여겨졌다. 처음엔 그런 날에 그냥 굶었다. 결국에는 기력이 있어야 하는 거 아닌가? 육식이 기준인 사회에서 비건식을 하기 위해서는. 식당에 가면 늘 삼사천 원 정도의 돈을 더 낼 수 있을 때, 밥할 기력이 있거나 밥해줄 사람이 있을 때, 그럴 때나 비건을 할 수 있는 게 아닐까 싶었다.

육식에 대한 애호나 육식의 뛰어난 접근성이 경제적으로 사실이든 심리적으로 사실이든, 그런 저항을 뛰어넘어 비건을 지향하기 위해서는 최소한 자기를 돌보려는 의지가 있어야 한다. 그런데 의지에는 계급이 없나? 의지는 누구에게나 평등한가? 의지가 없더라도 시장에 또는 가정 내 돌봄 노동자에게 비건 실천을 외주로 맡길 수 있는 비건이 있는가 하면 그렇지 못하기 때문에 맨두부만 먹는 비건도 있다.

비건지향인인 10년 지기는 언젠가 곧은 심지와 진동 없는 신념의 소유자를 일컬어 '영혼의 금수저'라고 불렀다. 어떤 이는 정말 그렇게 보인다. 나의 회상 속에서 영혼의 금수저들은 하나같이 입을 단정하게 다물고 있는데, 그건 부연도 변명도 추신도 하지 않는 이의 입이다. 나는 영혼의 금수저라는 표현의 알맞음에 감탄하면서 깔깔 웃었다. 또는 웃지 않았나? 실은 잘 기억나지 않는다. 영혼에만은 금수저가 없기를 기도하느라 그가 들려주는 이야기를 듣는 둥 마는 둥 했기 때문이다. 까맣고 뚱뚱하고 둔했던 초등학생 시절의 한 운동회에서, 기계적으로 공평했던 담임 선생님이 이전까지는 단 한 번도 달리기 선수로 뽑힌 적 없던 나를 계주의 마지막 주자로 지정했던 적이 있다. 앞만 보고 달려도 모자랐을 텐데 나는 여러 번 뒤를 돌아봤다. 전교생의 야유와 탄식을 들으며 흔들리고 또 흔들렸다. 우리 팀은 졌다. 이제 나는 계주를 할 일이 없는데도 가끔 걷기에 가까운 달리기를 하는 나의 평평한 발 아래서 피어오르던 뜨겁고 텁텁한 운동장 흙의 냄새가 훅 끼쳐오는 순간이 있다.

고기 먹는 거 보면 기분이 나쁜 거야? 돈 없는 사람은 고기밖에 못 먹어. 고기 그리울 때는 없어? 예전엔 소울푸드가 뭐였어? 맛보면 바로 맞힐 수 있어? 자살하고 싶은 돼지는 없을까? 동물이 꼭 행복해야 돼? 원래 비참한 게 삶인 거 아니야?

이제는 어떤 게 비건을 공격하는 남의 목소리인지도 헷갈린다. 나의 '진정성'을 의심하고 상처를 입히려는 빤한 의도를 가진 질문 앞에서도, 나는 머뭇거리고 횡설수설한다. 그러게나 말이다. 성장은커녕 재활부터, 달리기는 고사하고 씻기부터 어려운 동지들에게 비건 실천을 권할 수 있을까. 실존하는 고통을 훔쳐 와 나에게 일갈하고픈 사람들의 마음에 곧이곧대로 넘어가고 싶지 않다. 그럼에도 그런 여성들이 있다는 사실은 변하지 않는다. 그런 한편, 가난하고 우울하면서 역시 비건인 여성들이 있다는 것은 어떻게 이해해야 할까. 이 세계에서 나는 살점이었고, 그렇기 때문에 어떤 살점도 더 먹기가 어렵다는 여성들을.

이제 나는 정말로 메두사의 말 같은 것은 들리지 않았으면 좋겠다. 우리 미래의 윤리를 향해 가자, 흔들리지 않고 내미는 손을 덥석 잡고 싶다. 그쪽은 환해 보인다. 뒤는 별로 돌아보지 않으면서 앞을 향해 씩씩하게 걷고 싶다. 그곳엔 영혼의 금수저들이 산다는데 거기 합류하면 어떨까 싶다. 우리 팀은 마침내 이겨볼지도 모르지. 하지만 그럴 때마다 아직 누워 있는 애들의 얼굴이 자분자분 밟힌다. 윤리에도 돈을 지불해야 하는구나 쓰게 웃으면서, 그러니까 그냥 굶으면서, 가끔 고기를 먹으면서, 맛있어하면서, 맛있어서 죽고 싶어 하면서, 누구누구 오늘은 드디어 밥 같은 밥 먹네 그런 소리에 끄덕이는 애들이. 왜 그렇게까지 해, 왜 그렇게까지 해, 그 질문에 답하느라 동공이, 목소리가, 손이, 마음이 자꾸만 흔들리는 그러다 자주 넘어지는 애들이.

오늘은 어려운 얘기를 좀 해보고 싶어요. 최근 글방에서 연달아 등장한 자신의 비건 실천 실패를 고백하는 글들에는 공통점이 있어요. 자신의 식사를 최대한 잔인하게 묘사하는 데 골몰한다는 점이죠. 자기가 한 짓을 낱낱이 기록하고 남들에게 폭로해야 한다는 강박에 사로잡혀 있는 것처럼요. 그런데 독자의 입장에서 보기에는 그렇게 묘사하면 뭐가 좋은지 잘 모르겠어요. 제대로 된 죗값을 치른 다음 해방되고 싶은데 그럴 수가 없어서, 죄책감의 무게를 과장하는 방식으로 면죄부를 얻겠다는 작가의 욕심처럼 보여요.

이런 글을 글방 바깥에서도 왕왕 만나요. 이런 글들의 등장이 어떤 시대적인 변화로도 감지되는 것 같아요. 비거니즘과 기후위기는 각광받는 의제가 되었고 채식 인구도 늘어나고 있어요. 그런 지 몇 년쯤 되었죠. 여전히 비건 인구가 극히 소수라는 걸 알아요. 이럴 때일수록 용기를 북돋워줄 이야기, 참여를 독려하는 이야기가 더 필요한지도 모르죠. 하지만 그런 이야기들이 만들어내는 그늘도 보아야 해요.

그렇지 않으면 죄책감과 수치심의 그늘 속에 방치되는 사람이 늘어날 거예요. 그 그늘 속에서 어떤 사람은 비건이 되기를 완전히 포기했고, 어떤 사람은 비거니즘을 개인의 죄책감으로 이어가는 건 불가능하다는 호소를 하기 시작했어요. 어떤 사람에게는 이게 비거니즘의 전부가 됐죠. 저울의 한쪽에는 동물의 살을, 나머지 한쪽에는 인간의 삶을 올려놓고 저울이 인간의 삶 쪽으로 기울 때마다 자기 머리를 내리치며 부끄러워하는 게요.

'내'가 뭘 먹고 뭘 안 먹었지?라는 질문을 비거니즘의 중심에서 물러나게 할 수는 없을까요? 물론 개인의 입장에선 할 수 있는 게 내가 오늘 뭘 먹었는지 반추하는 것밖에 없다고 느껴지기도 하죠. 내가 먹는 한 끼의 식사에 정치적인 맥락이 있다는 것은 사실이에요. 그러나 매 끼니를 평가하는 게 비거니즘이라는 운동과 실천의 전부는 아니죠. 그런데도 내가 먹는 것 하나하나를 검열하며 비거니즘을 이어가려고 하다가 다들 외로워진 게 아닌가 싶어요. 배운 적이 없는 거예요. 고기를 안 먹기로 했는데 먹어버렸을 땐 어떻게 해야 하는지, 왜 그런 현상이 일어나는지. 그 이야기를 숨기는 거 말고는 어떻게 해야 하는지 같이 논의해본 경험이 없는 거죠.

그 결과 이렇게 비건지향인인데 고기를 먹었다는 죄책감을 토로하고 스스로의 끔찍함을 고백하는 글이 나오고 있는 것 같거든요. 그게 마음이 아파요. 각자가 고립되어 있었던 이유, 이걸 이제 와서야 이야기해보는 이유가 다 있죠. 비거니즘이 힘들고 고통스럽다는 얘기 자체가 가뜩이나 편이 없는 비거니즘의 운동의 당위를 약하게 할까 봐 그런 거잖아요. 그래서 다들 목소리를 낮춰서 조심조심, 공론장에 올리지를 못하고 그냥 아주 사적인 고백 내지는 거의 자백의 차원에서만 이 얘기를 다루고 있어요. 다른 비건들은 다 잘하고 있는데 나는 또 고기 먹었네, 그런 생각을 하면서요. 그리고 그런 글들이 하나같이 고해성사를 하듯이 자신의 죄목, 가해의 순간, 그러니까 식사의 순간을 조목조목 밝히는 형태를 띠고요.

저는 이런 현상이 굉장히 걱정이 되는데……. 죽음으로 이어진다는 공통점을 지닌 다른 착취들에 대해서는 우리가 이런 방식으로 죽음과 그 이후의 상태를 적나라하게 묘사하는 데에 힘을 쓰지는 않거든요. 그런데 동물을 먹는 죄책감을 다루는 글들은 이걸 굉장히 집요하게 하는 경향이 있어요. 그 음식이 뼈와 힘줄과 피로 구성되어 있다는 걸 생생하게 감각하려고 하고, 사체나 시체, 살점이라는 말을 써서 잔인함이나 역겨움을 부각하려고 하기도 하고요. 입과의 직접적인 접촉이 있기 때문일까? 식사라는 행위가 감각적 쾌로 이어지는 일이라서? 그래서 죄책감이 더 큰 걸까? 하지만 저는 입이 연관되어 있다는 점에서, 이런 묘사가 감각적인 것, 외설적인 것이 되기 딱 좋다고 생각해요. 말하자면 비건들이 '시체 먹기'를 잔인하게 묘사하려고 노력하면 노력할수록 그건 원래 의도하고 다르게 매력적인 스펙터클, 포르노가 될 수도 있다는 거예요. 맛없게 느껴지라고 한 건데 맛있게 느껴져버린단 말이에요.

어떤 죽음을 통과하는 신체 자체에 사로잡힌 묘사는 오히려 그 죽음을 정치적이고 공적인 죽음으로 다루는 걸 방해해요. 수많은 산업재해들을 생각해보죠. 착취적인 산업 환경을 다루는 글에서 우리가 다 이런 방식으로 노동자들의 죽음을 묘사하던가요? 또는 그 묘사를 이렇게나 자주 시도하던가요? 제가 지금 묘사의 예를…… 그런 예를 아예 만들고 싶지 않기 때문에 예도 들지 않을 거예요. 다시 본론으로 돌아갈게요. 그렇다면 축산 동물의 죽음을 증언하는 일도 되게 조심해야 되는 것 같거든요. 그들에게 동의를 받고 그들의 죽음을 묘사하고 있는 게 아니잖아요.

오늘 우리가 읽은 글에서 등장하는 악몽, 내 접시 위에 있었던 게 사실 내 팔이었다는 악몽, 이런 악몽을 꿀 만큼 죄책감이 클 수 있음을 이해해요. 다른 반 글에서도 소시지 머신에 들어가서 갈리고 있는 게 나여야 할 것 같다, 그런 묘사 나왔었죠. 하지만 건조하고 냉정하게 생각해볼 필요가 있는 것 같아요. 왜 그렇게까지 고통스럽죠? 내가 겪은 게 아니잖아요? 내가 겪을 수도 없잖아요? 인간의 죽음은 그렇게 묘사하지 않으면서, 또는 인간이 대상일 때는 그런 묘사에 대해 훨씬 즉각적으로 비판적 레이더를 작동시키면서, 묘사의 대상이 동물일 때는 그 동물의 죽음을, 그리고 죽음 이후에 그 살이 내 입으로 들어오는 장면을 최대한 생생하게 묘사해도 된다고 생각하는 이유가 뭘까요? 그리고 내 이빨이 동물의 살점에 닿고, 그 살점이 이빨 사이에 끼고, 그런 건 동물들한테 하나도 아프지 않을걸요? 왜냐면 이미 죽었잖아요. 죽은 이후잖아요.

이 차이가 뭔지 고민해볼 필요가 있는 것 같아요. 동물의 죽음을 유독 더 포르노적으로 묘사하려는 충동이요. 이때 포르노는 굉장히 광의의 의미입니다. 그러니까 그냥 야하다는 게 아니고, 극단적인 물화라는 거예요. 우리는 내가 존중하는 사람에 대해서는 그 사람이 이 세상에 없어도 그의 몸을 함부로 말하지 않죠. 한때 내가 사랑하던 몸이 이제는 흙의 미생물들과 반응하여 시시각각 그 상태를 달리하는 유기물에 지나지 않는다고 하더라도요. 만일 누가 굳이 그런 사실을 나열한다면 우리는 그 기저에 듣는 이를 상처 입히기 위한 의도가 있다고 짐작할 거예요.

물론 이런 묘사들이 주는 충격이 있어요. 읽는 사람의 마음에 충격을 주고 고기 먹는 일을 께름칙하게 느끼게 하는 효과가요. 잔인하게 도축당하는 동물을 재현하는 것에 찬성하는 입장은 이것은 사실을 묘사하는 것일 뿐이라고 말하죠. 다른 어떤 착취도 이 정도로 잔인하진 않다. 동물에 대한 착취는 내가 이 현상을 바라보고 재현하는 프레임과 상관없이 '실제로' 잔인하다. 굉장히 강력한 입장이죠. 대표적으로 〈카우스피라시(Cowspiracy)〉나, 〈씨스피라시(Seaspiracy)〉 같은 다큐멘터리가 있겠어요. 일부러 충격을 주려고 이렇게 하는 게 아니라, 인간이 동물에게 충격적인 수준의 착취를 행하고 있고 우리는 그걸 있는 그대로 기록했을 뿐이라고요.

그렇다면 그런 효과로 운동의 추진력을 얻으려는 시도 자체가 괜찮은지도 물어봐야 된다고 생각해요. 만에 하나 그런 묘사가 대승적인 차원에서 효과적이라고 가정합시다. 많은 사람들을 분노하게 하고 눈물짓게 하고 몸서리치게 할 수 있다고 해보죠. 그런데 수많은 동물들의 죽음을 역겨움과 연결시켜서 세를 불린 운동이 정작 그들의 삶에 관해서는 말할 수 있는 바가 없다면 어떻게 해야 할까요? 우리의 마음속에 펼쳐지는 지옥도 같은 풍경을 공유하는 것이 우리의 상상력이 해야 할 일의 전부인가요? 인간이 얼마나 끔찍한 가해자인가에 대한 경악을 거듭하는 일로 어디까지 나아갈 수 있나요?

어쩌면 우리는 우리가 관여한 죽음을 생생히 자백해서 속죄를 대신하고 관계의 진전을 거부하고 있는 건지도요. 그러니 다음 글에서는 이런 묘사를 하지 말아볼까요? 우리의 죄가 주인공이 아닐 때 우리가 무엇을 말할 수 있는지 보기 위해서요.

10년 전 어느 겨울날, 하자센터 뒤편 골목이다. 슬아하고 나는 담배를 피우고 있다. 어딘 글방이 끝난 직후다. 슬아의 글도 나의 글도 참혹한 악평을 받았다. 둘 다 자아가 쓰라려서 아무 말도 하지 않는다. 글방을 듣기 위해 슬아는 답십리에서, 나는 강원도 평창에서 영등포구로 온다. 만약 글에 대한 호평의 양이 글방과 사는 지역 간 거리에 비례했다면 아마 강원도에서 오가는 내가 글방을 제패했을 테지만…… 좀처럼 그런 일은 일어나지 않는다. 어느 지역에서부터 가져왔든, 못 쓴 글은 못 쓴 글이다. 합평의 내용은 독자를 향한 간절함이라든가 사랑받고 싶다는 욕망, 통학의 피로 따위와는 큰 상관이 없다. 만약 상관이 있었다면 자존심에 더 큰 해를 입었을 것이다.

글방이 끝나자마자 부랴부랴 강변 터미널로 달리는 것이 보통이지만, 오늘 나는 서두르지 않아도 된다. 글방이 끝나고 슬아네서 자기로 했기 때문이다. 슬아네에는 이미 내가 자주 입는 잠옷이 있다. 우리는 시린 손으로 줄담배를 피운다. 조용히 울며 또는 나지막이 욕을

읊조리며. 혹평의 밤, 슬아는 답십리 곱창 골목으로 나를 이끈다. 지금도 답십리를 떠올리면 횡단보도가 없는 지점에서 사방을 주시하다가 폴짝폴짝 도로를 가로질러 뛰는 슬아의 모습이 보인다. 그 동네가 완전히 나와바리인 사람이 아니면 할 수 없는 몸짓이었다. 슬아나 나나 시린 겨울에도 자주 반투명한 검은 스타킹을 신었다. 그렇게 뛰어다니면 열이 나니까 괜찮았다.

우리는 돼지 곱창에 소주를 마시는 아저씨들 사이에 착석한다. 철판에서 막 볶인 양념 곱창이 우리 앞에 놓이면, 들깨 가루 범벅인 당면과 깻잎부터 마구 풀어 헤친다. 들깨 가루든 당면이든 곱창이든 모두 입에서 목으로 가뿐히 넘어가주지 않는 재료들이다. 할 말을 잃었을 때에는 이런 미련이 많은 음식, 내 입과 치아에 들러붙어주는 음식이 큰 위안이 된다. 때론 순대, 때론 닭꼬치. 남의 살을 꼭꼭 씹으면서 우리는 복수를 다짐한다. 나는 사실 네 글이 재밌었다고, 아까는 용기가 없어서 말하지 못했다고 뒤늦은 일대 일 합평을 하기도 한다. 이제 이대로 노래방에 갔다가 샤워를 하고 슬아가 주는 잠옷을 입으면 기분은 반드시 나아질 것이다. 슬아의 옷은 대개 내게도 잘 맞았다. 둘 다 볼이 빵빵한 여자애들이었다.

이런 회상을 나는 이전에도 몇 번 했었는데, 이번에는 카메라를 좀 옮겨서 슬아와 나 사이에 놓여 있던 고기 요리들을 천천히 살펴보는 중이다. 고기는 식탁의 주연이라고 불리지만, 이 이야기에서는 철저히 조연이다. 나는 한 장면에서 다른 장면으로 넘어가는 이음새마다 이렇게 많은 피와 뼈와 살의 접시가 놓여 있었다는 사실에 흠칫 놀란다. 그렇게 많이 먹었던가? 그렇게 좋아했던가? 그렇다. 다소간 반성해야 할까? 아마도.

그러나 이 장면을 죽은 동물의 몸을 매개로 끈끈해지는 인간 사이의 징그러운 우정으로 규정하는데, 그렇게 비판적으로만 재독해하는 데 나는 여전히 어려움을 겪는다. 내게 이 기억은 여자애라면 말라야 보기 좋다는, 여자애라면 야한 스타킹을 입고 밤거리를 뛰어다니면 안 된다는, 무슨 여자애들이 아저씨 음식을 그렇게 좋아하냐는, 여자애가 뭐 그렇게 많이 먹냐는, 이 모든 미와 행실과 취향과 자기관리의 성차별적인 규범으로부터 서로를 보호할 역량을 지닌 여자애들의 이야기로 각인되어 있기 때문이다.

찐득하고 눅진하고 입안에 오래 머무는 고기 음식을 향한 애호에는, 아무리 소스를 들이부어도 낱낱이 흩어지는 음식을 먹는 여자, 이를테면 샐러드와 잡곡밥 같은 말끔한 음식을 챙겨 먹는 마른 여자의 이미지에 대한 야유 또한 포함되어 있었다. 우리는 순순히 그런 초식성의 여자가 되어줄 생각이 없어. 그런 푸석한 돈다발 같은 음식을 우리는 별로 먹고 싶어 하지도 않아. 우리는 못해도 잡식, 더 자랑스럽게는 육식 인간들이고 그게 우리를 섹시하게 만들어. 너의 송곳니는 얼마나 뾰족하고, 나의 코와 혀는 얼마나 비위가 좋은지. 피가 뚝뚝 떨어지는 고기를 좋아하는 나를 두고 너는 야만적이라 그랬고 무슨 과일이든 껍질째 먹는 너를 두고 나는 야생적이라 그랬다. 어느 쪽이든 칭찬이었다.

우리가 좋아하는 건 고기 중에서도 고기였다. 동물의 기름진 내장과 부속, 관절과 뼈와 피. 물렁하고 끈적한 생선의 껍질과 배 부위. 사람에 따라서는 기겁하고 눈을 질끈 감을 음식들. 그런 걸 잘 먹는 여자애들이라서만 알고 보이는 게 있다고 믿었다. 모두가 마른 몸을 원할 때 서로의 두툼한 허벅지며 엉덩이 또는 봉긋한 배를 향해 경배를 보내던 눈. 남의 피로 맺어진 자매애를 가지고 우리는 죽여주는 섹스 또는 누군가의 자살 협박 같은 생의 기쁨과 슬픔을 오르락내리락 함께 넘었다. 삶의 합이 좋아서 급기야는 같은 집에서 살았다.

그 시기에 둘 다 꾸준히 통통하다는 말을 들었다. 그런 말을 들은 날이면 슬아와 나는 집 오는 길에 잊지 않고 닭강정을 한 컵씩 샀다. 따끈한 닭강정을 한 조각씩 입에 쏙쏙 집어넣으며, 최대한 멀리 돌아가는 귀갓길을 택해 걸으며, 우리는 힘주어 말한다. 통통한 게 아니라 야한 거야. 살찐 게 아니라 아름다운 거야. 너를 보면 알아.

그러나 우리도 안 마르고 싶지는 않았다.

••

아현동의 1.5룸 반지하 자취방. 큰 방 하나와 반쪽짜리 방 하나, 그 사이에 1인 싱크대 하나가 딱 들어갔다. 두 방 사이에 있는 싱크대 폭만큼의 공간, 우리는 그 거리를 주방이라고 불렀다. 미닫이문이 있는 반쪽짜리 방은 나의 침실이자 서재였다. 여닫이문이 있는 큰 방은 슬아의 침실이면서 슬아와 나의 옷방 겸 거실 역할을 했다. 그 작디작은 부엌과 거실에서도 우리는 열심히 밥을 해 먹고 운동을 했다.

두 사람은 운동을 하려고 슬아의 방에서 모인다. 옷방 구역에서 꼭 끼는 레깅스와 스포츠 브라를 꺼내 입고, 거실 구역에 나란히 선다. 내가 어젯밤에 유튜브로 찾은 운동 프로그램을 노트북에 띄운다. 통통한 이대로도, 우리 뭐 나쁘지 않지만, 조금 더 건강해진다고 나무랄 사람은 없으니까. 매번 너무 하기 싫었지만 매번 마칠 때마다 기분이 좋아서 웃음이 터졌다. 운동이 끝나면 젖은 운동복을 벗고 나란히 거울을 보았다.

이것 봐, 우리 진짜 다르게 생겼다. 서로의 몸을 비교하면서 우리는 더 행복해졌다가 더 괴로워졌다가 했다. 나체로 주고받는 백 분 토론. 내가 살찐 몸을 좋아하지만, 살쪘다고 다 아름다운 게 아니고, 너는 비율이 완벽하잖아, 나는 그냥 살만 찐 거야. 무슨 소리야, 너는 가슴도 크고 다리도 예쁘고, 허벅지 사이가 벌어져 있잖아. 못 받아들이겠어. 나도 못 받아들이겠어. 내가 내 몸을 미워하는 건 자기 객관화고, 네가 네 몸을 미워하는 건 정신병이야. 또는 이 사회가 너에게 큰 잘못을 하고 있는 거야. 논의는 대체 누구를 위한 건지 모르는 수준까지 비약한다. 서로가 칭찬에 완전히 질려버릴 때까지 토론은 이어진다.

다음 날에 우리는 또 똑같은 루틴을 반복했다. 복

부, 하체, 어느 때에는 순환을 도와주는 스트레칭. 이어지는 지옥 같은 칭찬의 소용돌이. 때로는 야식 코스가 추가되기도 하고.

나는 이런저런 운동 지식에 익숙했다. 뛰어난 운동인인 안영빈의 영향이기도 했고, 다이어트에 지대한 관심을 가지고 인터넷을 뒤지던 10대 시절의 유산이기도 했다. 운동 자체에 뛰어났던 건 아니다. 나는 운동을 꼭 해야 한다고 생각했을 뿐, 운동이 그렇게 하고 싶지는 않았다. 운동을 지금이 아니라 나중에 해야 할 이유는 차고 넘쳤다. 충분한 돈이 생겨야, 충분한 시간이 생겨야 운동을 할 수 있어. 그때가 오면 요가도, 필라테스도, 바디컨트롤이나 애니멀 플로우도, 난 물을 좋아하니까 수영도, 그리고 무엇보다 헬스장에서 개인 피티를 받고 싶어.

당장 나가서 달리는 데에는 돈도 필요 없었지만, 그때 내가 생각하던 '제대로 된' 운동과 그 효과란 언제나 미래에나 경험하도록 예정되어 있는 무언가였다. 슬아와 함께 홈 트레이닝을 하는 정도로 최선을 다하고 있다고 느꼈다. 무엇을 위한 최선? 운동을 해도 몸의 모양에는 아무런 변화도 없고 그냥 생리적으로 건강해질 뿐이라면, 나는 아마 어떤 운동도 하려 들지 않았을 것이다. 그러니까 조금은 더 날씬하고 싶어서, 더 아름답고 싶어서 운동이 필요했다. 그러나 동시에 '너무' 날씬하고 '너무' 아름다움과 운동에 집착하는 사람이 되고 싶지는 않았다. 그런 사람이 된다면, 거울 속의 통통한 여자애들에게 퍼부었던 그 찬사는 다 뭐가 된단 말인가?

어느 날 슬아는 집에 돌아와 말했다. 조금 상기된 얼굴이었다.

"나 근처 헬스장에서 피티 받게 됐어. 한 달 정도만 경험해보는 건데, 이벤트로 반값에 해주신대."

마음을 다해 축하해주어야 하는데, 내 얼굴은 추하게 일그러졌다. 내가 이렇게 대답했던 게 기억난다.

"어떻게…… 네가 헬스를 해!"

슬아는 이 순간이 전혀 기억나지 않는다고 한다.

"내가 반값에 피티를 받았었어? 네가 그랬었어?"

"야, 살면서 그렇게 솔직했던 적이 있나 싶을 정도로 재앙 같은 말실수였어."

어떻게 네가 헬스를 해? 아, 그 말 속에는 정말 많은 의미가 담겨 있었다. 네가 어떻게 나보다 '먼저' 헬스를 해? 네가 어떻게 '내가 가장 해보고 싶었던 일'인 헬스를 해? 헬스란 게 있다는 것도 내가 알려줬잖아? 너에게는 어떻게 피티를 반값에 다닐 수 있는 인맥과 행운과 개인적 매력 같은 것이 있어? 반값

이래도 그런 돈은 어디서 났어? 너 설마 마르고 싶어? 너 혼자서 '진짜' 운동을 하는 삶을 살아갈 거야? 식단을 챙기고 레몬 물을 마시는 얄미운 마른 여자애가 될 거야? 그러니까…… 나하고는 다른 여자애가 될 거야?

이후로 나는 슬아가 더 이상 야식을 먹지 않게 되었을 때에도, 찬물을 피하게 되었을 때에도, 원래 먹던 양의 반만 먹게 되었을 때에도 배신감에 치를 떨었다. 슬아는 내가 영영 미뤄둔 미래를 향해 성큼성큼 걸어가고 있었다. 덜 자기 파괴적이고, 더 건강한, 더 아름다운 삶을 향해서. 나는 그게 사이좋던 거울 속의 여자애들을 배신하는 일이라고 여겼다. 그때는 나도 언젠가 똑같은 배신을 하게 되리라는 사실을 미처 알 수 없었다.

●•

슬아와 나는 2년 정도를 같이 살고서 찢어졌다. 원래는 나라에서 지원하는 전세금을 나란히 받아 더 크고 좋은 집에 함께 들어가려는 계획을 세웠었는데 나만 당첨이 되는 바람에, 그러니까 행정 문서상으로는 내가 더 가난했던 탓에 어쩔 수 없이 따로 살게 됐다. 깊이 사랑했지만 모종의 이유로 헤어진 부부처럼 애틋하게 가끔 만나는 사이로 슬아와 나의 관계는 변했다.

나는 부지런하고 사랑스러운 룸메이트 없이도 건강한 삶을 살아보려고 노력했다. 이때 건강한 삶이란 의도하진 않았지만 자연스럽게 마르게 되는 삶과 거의 의미가 같았다. 그 시도는 꽤 성공적이었다. 둘을 위해서 싸던 도시락을 혼자만을 위해 만들고, 그렇게 염원했던 피티도 받게 되었다. 헬스장이 그렇게 가기 싫은 건 줄 알았더라면 헬스장을 다니겠다는 슬아에게 그렇게 쏘아붙이지는 않았을 텐데.

내게 딱 한 달 피티를 받을 수 있는 돈이 모였을 때, 나는 이 기회에 내가 내 몸을 어디까지 통제할 수 있는지 시험해보기로 했다. 일주일에 다섯 번 이상 헬스장에서 운동을 하고, 통곡물과 야채, 양질의 단백질을 악착같이 챙겨 먹었다. 수분을 충분히 섭취하고 당분과 염분은 되는 만큼 줄였다. 내 몸은 하루 단위로 달라졌다. 식사와 겉모습이 달라졌을 뿐인데, 삶이 전반적으로 착착 돌아간다는 느낌이 들었다. 세상에 맘대로 되는 일이 아무것도 없다고 해도, 내 몸만큼은 내가 통제할 수 있다. 그리고 그런 자신감이 있을 때에는 맘대로 되는 일의 가짓수도 늘어난다.

그러나 그 시기 내 삶에는 음울한 불안과 긴장이 배음처럼 깔려 있었다. 조금이라도 '일반식', 그러니까 맛있는 음식이 근처에 있으면 온 신경이 곤두섰다. 내 식욕은 내 의지로 조절이 가능했고 그 사실이 내게 기쁨과 자부심을 주었지만, 한 번도 식욕이 편안하게 느껴진 적은 없었다. 나의 식욕은 내게 언제나 옆방 우리에 가두어둔 맹수처럼 불안한 느낌을 주었다. 마음대로 된다는 기분이 원래 이런 건가? 마음에 시달리고 있다는 기분과 거의 똑같이 느껴지는데, 이게 맞는 건가?

오랜만에 만났을 때 슬아는 요즘 매일 달리기를 한다고 말했다. 그는 건강하고 탄탄해 보였다. 그의 몸과 마음은 별 탈 없이 같은 입장을 지지하는 것처럼 보였다. 그게 부러워서 나는 슬아에게 달리기는 힘들지 않냐고 물어보았다. 슬아는 그리 힘들지 않다고 대답했다. 그렇구나. 외로운 느낌이 들었다. 그때 그가 이런 말을 덧붙였다.

"그런데 나는 요즘 밥을 잘 못 먹겠고 아침마다 체중을 재. 매일 재."

좀 더 질문한다면, 덜 외로워질 수도 있을 거라는 생각이 들었다. 그러나 어쩐지 사정을 더 물을 수가 없었다. 이제 더 이상 서로에게 의존해 살지 않아서 그런지도 몰랐다. 각자의 몸과 살림이 있다는 것, 그건 그 몸과 살림에 관한 구구절절한 이야기를 서로 비밀에 부쳐야 한다는 뜻으로도 들렸다. 이제 혼자서 할 줄 알아야 한다. 모든 것을.

주변을 둘러보니 어느새 모두가 남몰래 말라졌다. 슬아와 나뿐만의 이야기가 아니었다. 다들 전보다는 덜 가난해지고, 좀 더 나은 집 또는 훨씬 나은 집에서 살고 있었다. 그리고 약속이나 한 것처럼 몸에 관한 이야기를 더 하지 않게 되었다. 대신 여성 인권과 동물권을 이야기했다. 여성 인권과 동물권에 관해 이야기하는 사람이 내가 살이 쪘느니 빠졌느니 하는 문제에 집착하다니 안 될 말이다. 그 문제는 각자 졸업하고 왔어야 한다. 하루아침에 사람들이 일제히 이렇게 말하고 있었다. "누가 아직도 자신에게밖에 관심이 없는 질문을 하지요?" 이 세계에서 친구들은 몸에 관해 이런 간단한 대답을 내놓았다. 전에는 몸을 아주 많이 미워했었어요. 이제는 그렇지 않지요. 나는 두 문장 사이에 무슨 일이 일어났는지를 궁금해하는 유일한 사람이 된 기분이었다.

말라지고 나서야 몸을 미워했다고 말할 수 있었던 여자들을 생각한다. 구체적으로 어떤 몸을 미워했었는지 아무도 상상할 수 없을 만큼 변화하고 나서야,

미워하기에는 너무 아름다운 게 아니냐는 말을 들을 수 있을 때까지 아름다워지고 나서야, 비로소 마음 편하게 스스로를 미워하는 그런 여자들을 생각한다. 아름답기 이전에, 대체 그들에게 무슨 일이 있었던 걸까?

나는 여러 체형을 거치며 살았다. 말랐거나 탄탄하다는 말도, 얼굴 좋아 보인다거나 살이 올랐다는 말도 다 들어보았다. 지금도 마르지는 않았는데, 다만 내가 그렇다는 생각을 덜 한다. 나를 미워할 힘의 크기도, 그런 미움을 받아낼 자아의 크기도 어릴 때의 반으로 줄었다. 세상은 나나 내 살보다 중요하고 시급한 문제로 가득하다. 몸에 대해 별로 생각하지 않는 이 상태가 편안하고 다행스럽다.

그러나 내가 한창 내 몸을 미워할 때 내 영혼에는 고질적인 염증이 생겼다. 면역력이 약해지면, 그 염증은 스멀스멀 올라와 거울 속의 나를 거대한 살덩이처럼 보이게 하는 착란을 일으킨다. 염증이 심할 때 나는 곧바로 모든 게 잘못되었다는 기분 속으로, 심지어는 내가 설거지를 못 하거나 글을 못 쓰는 문제조차 내가 살쪘기 때문이라는 논리로 빨려 들어간다. 그 논변은 어찌나 탄탄한지, 나를 근처 필라테스 학원에 전화를 걸게 하거나 불현듯 불광천으로 달려

나가 불안의 질주를 하게 만든다. 그리고 이런 다짐을 하게 한다. 이번에는 기필코 성공할 거야. 안정적으로 말라지는 데에. 참, 이런 다짐은 아무에게도 알리지 말아야지. 창피하니까.

●•

비건이 되면 좀 더 마를 거라고 몰래 기대했었다. 실제로 비건식을 처음 하다 보면 기대와 달리 살이 찔 가능성이 높다. 식물성 단백질을 잘 챙겨 먹기 어려운 환경 속에서, 비건이 의지할 음식이 밥과 빵 등의 탄수화물뿐이기 때문이다. 그럼에도 나는 일종의 자신감을 가지고 비건이 되었다. 동물성 단백질을 식물성 단백질로 바꾸기만 한다면, 피티를 받으며 식단을 챙기던 때와 크게 다르지 않은 삶의 방식 아닌가. 심지어 이번엔 운동도 하지 않아도 된다.

나는 내가 할 수 있는 선에서 가장 바람직한 식생활을 했다. 사회적 기업의 로컬 농산물을 주 1회 구독하고 거의 매 끼니 밥을 손수 해 먹었다. 예상대로 그렇게 하는 것은 내게 그리 어렵지 않았다. 외식을 하고 싶다면 내가 갈 수 있는 식당은 근처에서 딱 두 군데 정도였는데, 무수한 선택지가 주는 고통 속에서 살아가던 현대인에게 그런 자유의 박탈은 오히려 해방으로까지 느껴졌다. 다시 한번, 철저한 욕망의 절제는 한동안 기쁨과 즐거움을 가져다주었다. 그런 식생활을 유지, 관리하는 데에 별로 힘이 들지 않는다는 사실에 우쭐거리면서, 달리기나 필라테스 같은 운동을 병행하는 여유를 부리고, 그 와중에 논술 학원 일도, 글쓰기도, 연극도 했다. 위장이 편안하며 아랫배에 탄력이 생기는 생활이었다.

하지만 엄격하게 몸을 통제하던 시기에 터득한 자기 관리의 비법을 적용해 비거니즘을 실천했으므로, 그 시기에 겪어본 불안과 긴장이 비건지향 생활에도 똑같이 감돌고 있었다. 그건 내가 곧 요요 현상을 겪을 거라는 의미였다. 귀퉁이가 뜯어진 쌀자루처럼, 내가 무너지는 건 시간문제였다. 비거니즘을 지향하는 일에서 비롯한 금지와 제한 들은 나의 실천 역량을 아득하게 상회하는 수준으로 불어났다. 돈도, 시간도, 체력도 나의 이상에 비하면 충분치 않아서 나는 스스로를 매 순간 괴롭혔다. 채찍질이 성공하면 피학적인 즐거움이 찾아왔고, 채찍질이 실패하면 댐이 무너지듯 수압이 높은 절망이 나를 잠식했다. 그리고 이런 실패의 경험은 아무에게도 말해서는 안 된다고 느꼈다. 어떻게든 혼자 수습해야 한다. 이런 비건이 있다는 사실이 알려지면 다른 비건들도 싸잡아 조롱거리가 될지도 모르니까.

실제로 나는 어느 순간 갑자기 무너졌다. 쌀을 씻는 것조차 아득하게 느껴지는 날들이 이어졌다. 이걸 다 했었다고? 어떻게 할 수 있었는지 조금도 기억나지 않아. 몸이 조금이라도 아프거나, 학원 일이 많아지거나, 중요한 마감이 생기거나, 극심한 우울에 시달릴 때에는 이전의 비건 생활과 그 생활을 지탱하던 힘이 거짓말처럼 느껴졌다. 나름의 의지와 노력을 통해 비건지향 생활을 이어나가고 있다고 생각했는데, 그게 다 착각은 아니었을까? 그냥 어떤 때에는 할 수 있고 어떤 때에는 할 수 없는 게 이치인 건 아닐까?

정육점 앞에서는 눈을 질끈 감게 되던 때가 있었다. 대형 마트의 정육 코너를 지날 때도 마찬가지였다. 굽이치는 드라이아이스 연기 속에 놓인 덩어리 고기들은 비통하고, 차갑고, 음산한 느낌을 주었다. 죽은 생선의 눈을 보는 일도 힘들었다. 그는 이제 나의 눈을 피할 수조차 없지 않은가. 그럴 때 나는 작은 자긍심을 느꼈다. 이제 비거니즘은 내가 체화한 무엇이구나. 피부와 신경 단위에서 고기를 거부하는 느낌. 그렇다면 나는 더 이상 생각을 할 필요조차 없다. 고기를 먹고 싶지 않다, 고기를 먹지 말아야 한다, 고기를 먹지 않는다. 이 욕망과 규범과 실천의 일치는 보기가 좋다.

그러나 나는 이내 고기가 다시 먹고 싶어졌다. 우울과 불안을 조절해 잠을 자도록 도와주는 약을 꼬박꼬박 챙겨 먹으며, 무늬와 함께 하루에 한 번의 등산과 두 번의 평지 산책을 나가고, 일주일에 한두 편씩 글을 써내고, 공연을 하고, 글방을 하고, 눈뜨기 연습과 마감 고지 클럽을 진행하고, 눈뜰 때마다 새로 생기는 메일들에 답장을 하고, 각종 홍보물을 만들어 배포하고, 시간이 남으면 개털로 뒤덮인 바닥을 마른걸레로, 청소기로, 마지막으로는 알코올을 적신 걸레로 한 번씩 훔치고, 쓰레기를 버리고, 아차차 친구들의 안부까지 확인하고 나면…… 이제 밥을 먹어야 한다. 밥을 먹을 때 동물성 음식을 먹기로 결정하면 무척 편하다. 널리 알려진 채식 실천의 단계, 육고기 안 먹기-해산물 안 먹기-마지막으로 달걀과 유제품 안 먹기. 나는 이 단계를 역으로 되짚어가면서 다시 동물성 음식을 먹기 시작했다. 혀와 코가 즐겁고 손이 편하며 배가 불렀다. 생선 한 점 앞에서도 오그라들던 몸이 온데간데없었다. 그 몸은 어디 갔을까? 고기 앞에서 거의 자동적이고 즉각적으로 느껴지던 거부감, 그 감각은 가짜였을까? 혹시 내가 제스처를 먼저 취한 뒤에 감정을 만들어 붙였었나? 만약 그랬다면, 나는 그런 연습을 통해서 무엇을 얻고 싶었던 걸까?

욕망과 규범과 실천의 세 차원을 일치시키려는, 삶에 일관성과 동일성을 부여하고자 하는 우리의 바람에도 불구하고, 애석하게도 세 차원은 매번 서로를 배반한다. 원하는 것을 원하면서, 하지만 원해서는 안 된다고 생각하면서, 실제로는 그 어느 쪽도 만족시키지 못하는 미적지근한 결정을 내리고 마는 굴레 속에 우리는 갇혀 있다. 적어도 나는 그렇다. 나는 비건을 오래 하면 어떤 음식은 아예 입에도 대지 못하게 될 거라고 생각했다. 도덕적 규율과 신체적 감각이 일치하게 될 거라고, 더 이상 신념과 싸우려 들지 않는 몸을 가지게 될 거라고 믿었다. 탈육식의 감각을 단련하는 일은 내가 위에 나열한 수많은 일들을 거뜬히 해내는 몸을 단련하는 일의 일부이기도 했다. 더 건강하고, 더 윤리적이고, 더 아름답고, 더 생산적인 삶. 그런 삶을 살며 기뻐하는 몸을 가지고 싶었다.

그리고 나는 이내 이렇게 생체를 규율하려는 기획이 얼마나 파시즘적인지 깨닫고는 흠칫 놀랐다. 깨끗한 일치를 향한 이 부단하고 삼엄한 감시 속에서, 우리는 어떤 '비천한' 몸들에 새로운 낙인을 찍게 된다. 의도와 달리 더 많은 몸을 억압하게 된다. 더 도덕적이라는 요구와 더 기능적이라는 요구를 헷갈려 하며 자기 착취의 굴레로 빠져드는 몸을 무참히 추켜세우게 된다. 그리고 그런 몸이 될 수 없는 몸, 가난하고 아프고 나약한 바람에 더 많은 의존 및 착취와 관계 맺게 된 몸들을 미워하게 된다.

••

결과적으로 나는 엄격한 비건으로 1년가량을 버텼고, 가끔씩 고기를 먹는 삶으로 되돌아갔다가, 다시 엄격한 비건으로 몇 달을 살고, 지금은 완전히 느슨한 비건지향인으로 지내게 되었다. 그러나 엄격한 비건으로 지내던 시절을 성공으로, 그렇지 못한 시절을 실패로 간주하기에는 어딘가 부당하고 찝찝한 구석이 있다.

'육식하지 않기'라는 금지문을 삶에 한 줄 더 적어 넣으면서 깨달은 것은, 내가 나의 욕구 전반과, 음식을 향한 허기 및 아름다운 몸을 향한 욕망 모두와 잘 지내본 적이 없었다는 사실이다. 내 욕구는 도무지 말이 되지 않았다. 먹을 거라면 배가 터질 때까지 먹고 싶었고, 그렇지 않을 거라면 아주 굶고 싶었다. 고기를 먹을 거라면 고기 중의 고기를 먹고 싶었고, 비건식을 할 거라면 한 치의 오염도 없는 비건식을 하고 싶었다. 익숙한 거식과 폭식의 자리에 채식과 육식이 들어섰을 뿐이라는 느낌이 꺼림칙했다.

내가 어느 시기에 비건지향을 잘 해낼 수 있었다면, 그건 결국 내가 내 몸에 벌을 주는 것에 익숙하기 때문인지도 몰랐다. 그러니까 내 욕구와 어떻게 사이좋게 지낼 수 있는지를 배우지 못한 채로, '덜 먹고 더 날씬하라'는 사회적 억압에 굴복(또는 저항)하는 연습을 오래도록 하다가 얼떨결에 비건을 지향하기에도 적합한 자기통제의 기술을 얻게 된 것이다. 사람이 문제지 칼이 문제는 아니라지만, 애초에 내가 이런 칼을 만들고 벼리게 된 이유를 되짚어보는 일은 불필요한가? 그 칼로 이제는 양배추를 써니까 문제는 사라진 게 되나?

반대로 내가 어느 시기에는 비건지향에 철저히 실패했다면, 그건 채식이든 육식이든, 뭘 먹거나 먹지 않든, 음식을 죄와 벌이라는 개념과 연결시키지 않는 것이 내게 거의 불가능했기 때문이다. 비건지향인의 원칙을 지키기 위해 내가 종종 택하는 굶기는 자해라는 측면에서 죄면서, 여태 육식 중심적으로 살아온 몸에 주는 벌이기도 하다. 반면 원칙을 저버리고 배가 쏟아지는 느낌이 들 때까지 고기를 먹는 것 또한 몸과 마음을 고통스럽게 하는 자해라는 측면에서 죄고, 스스로를 덜 매력적이고 역겨운 몸에 가까이 가게 하는 벌이기도 하다. 부연할 필요는 없겠지만, 죄와 벌은 또한 쾌락과 고통에 대응하고, 고통은 사실 쾌락을 준다는 점에서 이 문제는 더 복잡해진다.

비거니즘 이전에도 '먹지 말 것'이라는 명령은 집요하게 여자애들을 쫓아다녔다. 무엇을 원해야 하는지는 아무도 가르쳐주지 않았지만, 무엇을 원하지 말아야 하는지는 명확했다. 어릴 때 닭 다리를 못 먹어서 아직까지 서러운 딸들을 어딜 가든 만날 수 있다는 게 그 증거다. 식생활 양식에는 젠더라는 필터뿐만 아니라, 계급적인 필터도 작용한다. '맛있는 음식을 양껏 먹는 것'만이 가족의 유일한 여가 생활이나 이벤트가 됐던 가난한 집 아들딸들은 이해할 것이다. 이들에게는 그게 무엇이 됐든 충분히 먹지 말라는 말은 아주 익숙한 요구면서, 또한 영영 채워지지 않을 근원적 허기를 자극하는 말이기도 하다. 그 말이 이제는 새 시대의 윤리라는 멋진 간판을 달고 등장했다면 부담은 더해진다. '더 먹고 싶다', '더 많은 경험을 하고 싶다', '내게 금지된 것을 나는 소망한다'는 욕망은 당신이 속한 젠더와 계급에 어울리지 않을 뿐만 아니라, 전 지구적인 차원에서 비윤리적이다.

그 때문에 나는 어느 순간부터 비건 음식이 건강한, 깨끗한, 덜 착취적인, 더 윤리적인, 지속 가능한 등의 수사와 연결되는 걸 볼 때마다 불안한 느낌이 들었다. 놀랍게도 그 느낌은 '지금 당장 시작하세요!' 등의 문구가 적힌 헬스장 전단지나 쏟아지는 생산성 애플리케이션을 볼 때의 불안함과 비슷했다. 어느 쪽을 보든 마음속에서 비슷한 속삭임이 일렁인다. 이것을 추구하지 않는다면 당신은 무식해서 손해를 보고 있거나, 비도덕적이어서 남에게 또는 자신에게 해를 끼치고 있는 거야.

••

작가 수나우라 테일러는 《짐을 끄는 짐승들》에서 장애를 향한 공포 및 오해를 적극적으로 활용하여 비건이라는 의제를 띄우는 운동 방식을 맹렬하게 비판하면서 이렇게 쓴다.

> 로리 프리드먼과 킴 바누인이 쓴 베스트 셀러 《스키니 비치》가 여기에 딱 들어맞는 예일 것이다. 이 책은 동물을 먹는 것이 사람을 비만으로 만들고, 병들고 게으르고 건강하지 못하게 하거나 매력적이지 않게 만든다고 시사함으로써, 자기 체형을 부끄러워하는 사람들을 비건으로 만들고자 한다. (…) A. 브리즈 하퍼는 인기를 끄는 비건 관련 책들이 무엇이 건강하고 매력적인지, 그리고 윤리적 식사를 하는 사람이 어떻게 보이는지와 관련해 끊임없이 백인 이성애규범적이거나 비장애중심주의적인 표상을 제시한다고 말한다.*

수나우라 테일러가 알려준 것은, 내가 내면화한 혐오, 즉 자기 관리의 실패, 건강하지 않음, 아름답지 않음을 향한 거부감과 오해가 뿌리 깊은 비장애중심주의와 종차별주의에 근거하고 있다는 사실이다.

여전히 마르지 않은 나의 몸으로 돌아가본다. 나는 혼자서도 잘하는 비건이 되려고, 자족적이고 자립적인 비건이 되려고, 의지가 강한 비건이 되려고

* 수나우라 테일러, 이마즈 유리·장한길 옮김, 《짐을 끄는 짐승들》, 오월의봄, 2020, 124쪽.

노력했다. 그리고 그 과정에서 자연스럽게 더 날씬해지기를 남몰래 바랐다. 그러나 지금 내게 남은 것은 숱한 실패의 경험과, 전보다 더 매력적이랄 것 없는 신체다. 신체 이미지에 대한 오래된 염증이 비거니즘이라는 윤리적 의제와 결합하면서, 나는 비건 실천에 실패하는 스스로를 매력적이지 않고 건강하지 않은 사람으로, 인간적 욕망을 절제할 만한 의지와 정신력이 없는 나약한 사람으로, 따라서 비도덕적인 사람으로 여기게 되었다. 스스로에게 잔인하게 구는 모습을 보여주려는 것이 아니다. 비거니즘이 높은 수준의 자기 돌봄 내지 관리, 건강, 아름다움 등의 가치와 깊은 연관을 맺게 될 때 어떤 일이 벌어지는지에 관해 말하고 싶을 뿐이다.

자주 게으름의 증거로 여겨지는 날렵하지 않은 몸, 기능적이지 않거나 미적이지 않은 몸, 1인분의 몫을 해내지 못하는 몸에 대해서, 종차별주의자와 비건이 동일한 대답—그런 몸은 가치가 없다—을 내놓는 광경이 벌어진다면 슬플 것이다. 탈육식과 탈소비를 지지하면서도 가끔은 조심스럽게 묻고 싶다. 이 태도가 자칫 돌봄이나 의존을 결벽적으로 거부하는 태도로 연장되지는 않는가? 비거니즘을 지지하면서 동물 착취적, 노동 착취적인 현재의 산업

구조를 비판하려 할 때, 이를테면 육식, 배달 음식, 패스트푸드, 패스트 패션, 일회용품 사용 등을 부정적으로 바라볼 때, 그 비판은 종종 그런 산업에 의존할 수밖에 없는 구조에서 살아가는 사람들을 경멸하고 혐오하는 뉘앙스를 피하지 못한 채 유통된다.

그러나 우리가 '기능적이고 미적인 신체'와 '자족적이고 자립적인 삶'이라는 규범을 내재화하게 만드는 억압을 문제 삼지 않고, 1인분의 삶을 살 수 없는 사정에 놓인 개인의 무능과 게으름을 타이를 때, 우리는 의존적인 삶은 곧 착취적인 삶이며, 그러므로 윤리적이지 못한 삶이라는 도식을 세우게 된다. 이 도식 아래에서는 사회적 소수자들이 제일 먼저 윤리적 천민의 자리로 미끄러진다. 또한 노동 착취적이고 동물 착취적인 사회구조 자체를 문제 삼는다 하더라도, 구조가 개선된 후에 우리가 비로소 '본래의' '인간다운' 역량을 꽃피울 거라는 식의 결론으로 이 논의가 귀결될 때에는 아쉬운 마음이 든다. 이상적이고 자연적인 사회에서라면 마땅히 어떤 존재에게도 의존하지 않고 살 수 있다는 환상은 터무니없을뿐더러 부당하다. 왜냐하면 타인에게 빚질 이유가 없는, 풍부한 자원을 이미 취득한 인간만이 이 그림 안에서 번성하기 때문이다.

수나우라 테일러는 또한 이렇게 말했다. "(…)사실을 말하자면 우리 모두는 의존적이다. 인간은 타인에게 의존하면서 삶을 시작한다. 그리고 우리 대부분이 타인에게 의존하면서 삶을 끝낼 것이다."• 그러므로 윤리적 삶을 산다는 것은 몸이 가벼워진다는 것을 의미하지 않는다. 타인과 상호의존관계를 맺는 데서 오는 온갖 지리멸렬함, 가령 비굴함이나 빚을 졌다는 느낌, 홀로 서는 데에 실패했다는 이 모든 마음의 짐을 내려놓고 홀가분한 결백의 상태에 놓임을 의미하지 않는다. 윤리적 삶을 산다는 것은 도리어 그 지리멸렬의 소용돌이로 기꺼이 뛰어드는 일, 타인과 나를 잇는 끈을 더 촘촘하게 인지하는 일이다. 그렇다면 나는 용기를 내어, 혼자서 말끔한 비건이 되려고 노력하는 대신 아무것도 혼자서는 못 하는 사람이기를 자처하고 싶다. 어떤 깨끗함과 홀가분하다는 느낌을 '잘' 살고 있음의 징표로 간주하는 일을 멈추어야만 보이기 시작하는 관계들, 마치 빠르게 저은 낫또를 한 스푼 떠올릴 때 생겨나는 끈적하고 무수한 실타래와 같은, 존재들 사이사이에서 찰랑이는 섬세하고 연

• 같은 책, 349~350쪽.

약하며 복잡한 냄새가 나는 관계들을 더 많이 감각하고 싶다. 그 일은 충분히 마르지 않은 몸을 가지고도 충분히 잘할 수 있는 일처럼 느껴진다.

• •

충분히 마르지 않은 거울 속의 두 여자애들을 다시 보게 된다면 무슨 말을 해줄 수 있을까? 많이 시달릴 거야. 서로를 칭찬의 요새에 가둬놓아도 몸에 관한 너무 많은 말들이 기어이 너희에게 틈입할 거야. 무도한 말들일 거야. 차라리 말라지는 게 훨씬 쉽다고 느낄 정도로. 그래도 평생 원하는 만큼 마를 수는 없을 거야. 언젠가 너희가 이만 거울에서 눈을 거두고 다른 몸이 겪는 고통을 볼 줄 알게 된다고 하더라도 혼란은 여전할 거야. 시선이 확장된 이후로 오히려 분열은 더 심해질 거야.

어떤 말로도 미에 관한 사회적 압박을 두 사람의 힘으로 이겨보려고 했던 그 여자애들의 노력과, 그럼에도 불구하고 죽도록 아름다운 여자애가 되고 싶은 마음, 그 혼란스러운 자아상의 여정을 다 알아주거나 달래줄 수 없을 것이다. 진실을 말하자면 다 저주처럼 들릴까 봐서, 말을 삼가기로 한다. 다만 이렇게는 말할 수 있다. 너희는 생각보다 빨리 지금만큼 젊거나 건강하지 않게 될 거라고. 그러니 취약하고 병들어서 가치가 없다고 여겨지는 몸, 비거니즘이 바로 그 몸들을 위한 의제가 되기 위해 필요한 논의에 성실히 참여하겠다고. 평생 실천하고 평생 실패하는 이 지난한 여정에 조금도 아름답지 않은 너희를 위한 자리도 만들어두겠다고. 그때가 되면 거울 앞에서와는 전혀 다른 방식으로, 너희들은 서로에게 의지하는 방법을 알게 될 거라고 말이다.

-

우리 동네에는 뭉치애견이라는 낡은 애견숍이 있다. 뭉치애견의 간판은 이 동네에서 볼 수 있는 가장 우울한 사물 중 하나다. 노란색과 흰색으로 이루어진 그 간판의 디자인은 처음엔 발랄하고 설레는 선택이었을 테지만, 켜켜이 쌓인 먼지 때문에 이제는 지저분해 보이기만 한다. 바뀌는 계절마다 수축과 팽창을 반복했는지 간판을 덮은 시트지 곳곳은 각질처럼 들뜨고 터져 있다. 그러나 뭉치애견의 간판에서 가장 뜨악한 부분은 색상 선택이나 시트지 교체 시기 같은 것이 아니다. 가게 이름 아래 붙은 부연 설명이다.

뭉치애견

와이어폭스테리어 전문점

와이어폭스테리어 전문점……. 딱히 동물권에 민감하지 않은 사람의 귀에도 까끌하게 들릴 만한 문구다. 와이어폭스테리어 전문점에서는 살아 있는 와이어폭스테리어가 아니라 죽어 있는 와이어폭스테리어를 판매할 것만 같은 께름칙한 느낌이 든다. 마치 '횡성 한우 전문점'이나 '흑돼지 전문점'이라는 단어처럼, 특정한 고기의 유통과 판매에 일가견이 있는 가게라는 의미로 들린다.

뭉치애견은 완전히 망한 가게로 보였다. 그 가게에서는 살아 있는 어떤 것의 낌새도 느껴지지 않았다. 가게 안쪽에는 고물이라고밖에 할 수 없는 잡다한 물건이 빽빽하게 쌓여 있다. 외부 통창에는 파란 사인펜으로 손수 적어서 만든 광고지가 붙어 있다. 사장님의 손글씨일 것이다. 그러나 푸른색만큼 햇빛을 잘 견디는 색이 없으므로, 바랜 종이 위의 새파란 단어들이 처음에 무슨 색이었는지 알 길이 없다. 교배분양, 사료미용배달. 이 글자들이 다 파래질 때까지 손님이 들지 않았던 걸까. 좀 다행이라고 생각했다.

뭉치애견에 살아 있는 강아지들이 존재한다는 사실이 밝혀진 건 무늬와 같이 살기 시작한 이후의 일이다. 이 세상에는 개와 함께가 아니면 결코 감지되지 않는 요소란 게 있는 법이니까.

무늬와 동네 산책을 나온 어느 날이었다. 우리가 뭉치애견 앞을 지나치던 순간, 가게 내부를 점령한 고물 더미 틈으로 개들의 목소리가 우렁차게 터져 나왔다. 어린 강아지 여럿이 목청껏 짖는 소리가! 여전히 바깥에서는 그들이 보이지 않았다. 하지만 가게 안에 있는 어린 폭스테리어들에게는 바깥의 무늬가 보이거나 맡아지는 게 분명했다. 뭉치애견은 적어도 '살아 있는' 폭스테리어를 전문으로 하는 집이구나. 나는 아주 안도했다. 동시에 누가 들어도 어린 게 분명한 강아지의 소리만 난다는 점이 신경 쓰였다. 팔리긴 팔린단 말인가. 이 어린 여우 사냥개들이. 서울에서? 이 시대에? 그렇다고 팔리지 않는다면…… 그땐 또 어떻게 되는 것일까.

강아지들 입장에서는 저리 꺼지라는 의미였겠지만, 그들의 짖는 소리가 반갑고 걱정스러워서 나는 잠시 동안 뭉치애견 앞을 서성였다. 보이지 않는 강아지들이 무늬의 움직임에 맞추어 짖는 볼륨을 높였다. 그때였다. 가게 뒤편에서 주머니가 많은 조끼와 팔 토시를 입은 한 남자가 돌아 나왔다. 놀랍게도 눈에 익은 얼굴이었다.

여기서 또 만나네? 포인터야~

나와 무늬는 그를 알고 있었다. 우리는 그를 산책길에 거의 매일 만났다. 그는 언제나 자전거를 타고 다니며, 길에서 우리를 마주치면 포인터야~ 하고 무늬를 부르면서 유유히 멀어지는 미궁의 사나이였다. 그가 무늬를 포인터야~ 하고 부르므로, 나도 속으로 그를 포인터야 아저씨라고 불렀다. 그리고 포인터야 아저씨의 정체는 바로 뭉치애견의 사장님이었던 것이다.

●•

나의 친구 무늬는…… 잉글리시 포인터다. 무늬의 견종을 밝히는 일은 늘 꺼려진다. 무늬는 예쁘고 특이한 코트를 입었다. 흰 바탕의 몸 이곳저곳에 크고 작은 검은 얼룩이 있다. 그리고 벨벳 장갑같이 크고 부드러우며 축 처진 귀를 가졌다. 무늬의 외양을 탐내는 누군가가 '포인터'를 검색할까 봐, 그리고 곧바로 포인터를 번식시키는 공장과 가정집을 찾아낼까 봐 걱정이 된다. 그렇지만 산책 중에 한 번만 더 누군가로부터 "달마시안이 나타났다!"든가…… "백한 마리 그 개!" 같은 말을 들었다간 말이지……. 딱히 할 수 있는 게 없다. 역시 쓰는 게 나을까. 달마시안에게 일어나는 일에 비해서 포인터에게 일어나는 일은 잘 알려져 있지 않으니까.

잉글리시 포인터는 역사가 깊은 사냥개다. 사냥꾼

과 다니다가 사냥감을 발견하면, 자리에 우뚝 멈춰 선 채 한쪽 앞발을 들어 '목표물이 저기 있다'고 가리키는 일(point)을 하라고 포인터라는 이름이 붙었다. 이런 일을 하는 개를 지시견이라고 한다. 그러나 사냥총이 발전해 아주 멀리 있는 목표물도 정확하게 쏘아 죽일 수 있게 되고 나서부터 포인터의 인기는 사그라들었다. 사냥의 대상에 최대한 가까이 붙을 필요가 있었던 시절 널리 기르던 옛날 개. 그러니까 포인터를 알아보는 사람들도 대부분 옛사람이다.

도시에서 보기가 어려울 뿐, 한국에는 아직도 많은 사냥개가 있다. 취미 사냥에 쓰이기도 하지만, 멧돼지 포획처럼 조직적이고 전문적인 수렵에 동원되기도 한다. 라이카 같은 견종이 대표적이다. 라이카는 '멧돼지를 수렵하던 포악한 사냥개에게 반려견이 물려 죽는 안타까운 사고'를 다룬 기사에서 '가해견'으로 심심찮게 등장하는 개다. 사냥을 목적으로 길러지는 개들은 강아지일 때부터 1년 정도의 훈련 과정을 거친 뒤 실전에 투입된다. 개를 데리고 하는 사냥은 상당히 체계적이다. 사냥개의 종류도 세밀하게 나뉜다. 지시견, 회수견, 수출견……. 한국에서 멧돼지를 포획할 경우, 사냥 시 개들이 맡는 역할을 이르는 '왈왈이'와 '물치기'라는 전문용어도 있다. 사냥감을 찾고 모는 '왈왈이' 역할에는 주로 품종견이, 사냥감을 직접 물어 죽이는 '물치기' 역할에는 주로 잡종견이 쓰인다. 사냥 중 사망 위험은 '물치기' 쪽이 높지만, 몸값은 훈련이 까다로운 '왈왈이' 쪽이 높다. 사냥은 몇몇 개인의 구시대적인 취미가 아니라, 집단의 이익을 위해 명확한 목적을 가지고 개발된 문화다.

반짝이는 재능을 가진 사냥개들이 반짝이는 삶을 사는 것은 아니다. 용변을 볼 때와 사냥에 투입될 때 딱 두 경우를 제외하고 트렁크에 갇혀 있거나, 좁고 척박한 야외 견사에 묶여 지내다가 수렵 노동 도중 마감하는 생이 대부분이다. 반대로 사냥에 재능이 없는 개들은 한 살을 넘기는 해에 숱하게 버려진다. 아마 품종견인 무늬도 그렇게 버려진 뒤 흘러 흘러 도살장으로 향하게 되었을 것이다. 버려진 이후에 살아남은 개들은 다시 '사냥개'라는 낙인을 견뎌야 한다. 반려견과는 근본부터 다른, 포악하고 사납고 맹목적인 짐승이라는 멸시.

사냥개를 잘 모르는 요즘의, 그리고 도시의 사람들은 99퍼센트 이상 무늬가 달마시안이라고 생각한다. 희귀하고 비싸고 예쁜 개. 사냥개라면 무서워할 사람도 달마시안이라면 너무나 예뻐하며 다가온다.

달갑기만 한 애정은 아니다. 아이들은 무늬를 향해 똑바로 달려온다. 백한 마리이이이이이~라고 소리 지르면서. 그럼 그들의 부모는 백한 마리가 아니라 달마시안, 이라고 정정해준다. 한번은 걷다가 정신을 차려보니 무늬와 내가 한 아주머니의 영상통화에 담기고 있었던 적도 있다. 아주머니는 태어나서 처음 만나는 달마시안을 남편에게도 꼭 보여주고 싶었다고 한다.

그래도 무늬를 달마시안으로 오해하는 부류는 대개 무늬에게 친절하다. 예뻐하고, 만져도 되냐고 물어보고, 이름도 물어본다. 무늬예요, 하고 대답하면 너무 잘 지은 이름이라는 칭찬을 한다. 달마시안이지요?라고 사람들이 물어보면 나는 아니에요, 라고 대답한다. 달마시안 아니면 뭐예요?라고 물어보면 포인터예요, 라는 대답이 튀어나올 때도 있고 말문이 콱 막힐 때도 있다. 요즘은 저도 몰라요, 라고 대답하는 연습을 하고 있다.

포인터야 아저씨는 무늬의 견종을 정확하게 알아본 첫 번째 행인이다. 그의 등장에 나는 반가움을 느꼈다. 너무 반가워서 맞아요, 포인터예요, 라고 엄청 크게 대답해버리고 말았다. 길거리에서 매일같이 열리는 '저 개는 무슨 개일까요' 퀴즈 대회에서, 드디어 정답자가 나타난 것이다. 물론 포인터야 아저씨가 퀴즈 대회의 첫 번째 정답자가 될 수 있었던 이유는 그가 여우 사냥개 전문점의 사장님이라는 사실과 무관하지 않다. 무늬를 기르고 버린 사람의 배경지식과, 무늬를 알아봐준 사람의 배경지식 사이에 있을 커다란 교집합. 그 교집합 때문에 포인터야 아저씨를 생각하면 마음이 복잡하다.

●•

포인터야 아저씨 이후로는 포인터를 아는 사람들이 왕왕 나타났다. 주로 중장년 또는 노년의 사람들이었다. 그들은 무늬를 보면 아주 감탄하거나, 아주 치를 떤다. 사냥개를 향한 로망으로 반짝반짝 빛나는 눈이 있는가 하면, 인간의 거리에 사냥개가 나타났다는 경멸감과 두려움으로 이글이글 타오르는 눈도 있다.

사냥개를 향한 짙은 로망을 감추지 않는 쪽은 99퍼센트 이상 나이가 지긋한 남자들이다. 중절모를 쓴 노신사, 약간 지저분한 멋이 있는 백발을 질끈 묶고 다니는 노점상 아저씨, 온몸을 파타고니아 등산복으로 치장한 등산객 아저씨, 징이 박힌 가죽 재킷을 입고 오토바이를 모는 아저씨, 선글라스와 헌팅캡을 쓰고 초등학교 앞 교통정리를 하는 녹색학부모회 할아버지……. 이 다채로운 멋과 개성의 남자들과 나는 매번 비슷한 대화를 나눈다.

포인터를 다 보네! 사냥 다녀오는 길이에요?
아니요. 얘는 사냥 못 해요.
왜 사냥을 안 시켜요? 그렇게 멋진데…… 한판 다녀와.
꿩도 잡고, 메추리도 잡고, 못 잡는 게 없는 개야.
얘는 아니에요. 얘는 사냥 못 해서 버려졌어요.
참, 왜 버려. 이렇게 멋진 개를…… 진짜 근사한 개야, 포인터가…….

대화가 끝나면 그들은 어떻게든 무늬를 한번 만져보려고 거칠게 손을 뻗는다. 그 순간 나는 지체 없이 달린다. 돌아보지 않으면서 목 뒤쪽으로 감사합니다아아아아– 하고 인사를 길게 뽑는다. 딱히 감사할 것은 없지만, 인사라도 안 하면 간혹 개를 사회성이 없이 기를 셈이냐(=왜 못 만지게 하냐)는 훈수가 돌아오기도 한다.

암울함을 과장하고 싶은 날엔, 세상에서 무늬가 만날 수 있는 친절함이란 딱 두 종류가 전부라고 느낀다. 달마시안으로 오해받는 대신 이름 물어봐지기 VS 사냥 다니라는 성화를 듣는 대신 근사한 포인터라는 칭찬 듣기. 내가 만난 포인터를 아는 사람 중에서, 한 번이라도 반가웠던 인물로는 포인터야 아저씨가 유일하다. 그는 무늬의 이름을 물어보지도 않지만, 무늬와 함께 새와 쥐와 멧돼지를 죽이러 다니라고 권하지도 않는다.

애견숍의 사장님이면서도, 포인터야 아저씨가 개를 데리고 뭘 하는 모습은 한 번도 목격된 적이 없다. 그는 늘 자전거를 타고 다니면서 고물을 수집하거나 폐지를 줍는다. 가게 앞을 빈 병과 고철이 빼곡하게 메우고 있다. 어쩌면 뭉치애견의 주업은 고물 판매인지도 모른다. 여우 사냥을 할 구석이 없는 도시에서 여우잡이 개를 전문으로 팔게 된 사장님의 사정이 궁금하다. 그 애견숍이 세상에서 사라지길 바라면서도, 포인터야 아저씨가 폐지를 줍지 않는 시간에는 어떻게 사는지가 궁금하다. 이전에는 전혀 궁금하지 않았는데, 그가 하필이면 우리에게 인사를 건네는 바람에 궁금해지게 되었다.

뭉치애견의 음산함을 혐오스러워하기란 쉽다. 개를 무슨 물건처럼 팔아대는, 비위생적이고 비좁고 위험한 환경에 어린 개들을 방치하는 걸 생업이라고 부르는 공간이 풍기는 착취의 악취, 아니나 다를까 그런 곳은 미감도 역시 조악하지. 나는 바로 이런 경멸의 결을 정확하게 헤아리는 게 어렵다. 뭉치애견의 분위기에서 몇 퍼센트가 동물 착취가 내는 분위기고 몇 퍼센트가 재개발구역의 빈곤이 내는 분위기일까. 그런 걸 나누는 게 가능할까. 뭉치애견을 향한 경멸과 빈곤을 향한 경멸을 나는 얼마만큼이나 구분할 수 있을까.

유기된 사냥개를 입양한 나에게 어린 사냥개를 판매하는 아저씨가 매일 인사를 건넨다. 그는 생업이 녹록지 않아 열심히 고물을 수집하며 사는 이웃이다. 그는 포인터야~라고 인사할 뿐, 산책 중인 무늬를 어떤 방식으로도 귀찮게 하지 않는다.

그러나 가끔은 그가 이 포인터의 이름을 단 한 번도 물어보지 않는다는 사실이 참을 수 없이 화가 난다. 화가 나면 나는 놀란다. 내가 그에게 무늬의 이름을 알려주고 싶어 한다는 사실에. 내가 그에게 뭔가를 기대한다는 사실에. 무늬를 달마시안이라고 부르는 사람들에게는 하지 않았던 기대. 사냥개에 관한 그의 해박한 지식이, 어떤 개도 사냥개로 키워지지 않는 데에 쓰일 수는 없을까 하는 기대. 아주 터무니 없고 일방적인 기대.

그런데 그에게 무늬의 이름을 알려준다고 무엇이 달라지려나? 달마시안이라고 불리다가 포인터로 불리면 더 나은가? 포인터로 불리다가 무늬로 불리면 그보다도 더 나은가? 포인터야 아저씨가 무늬의 이름을 알게 되는 날이 오면 뭉치애견이 드디어 문을 닫고 동시에 포인터야 아저씨도 폐지 줍는 고생을 덜 하게 되나? 이름을 안다는 것에 이름을 안다는 것 말고 다른 의미가 있을까?

이 중 어떤 질문에도 뾰족한 답을 찾지 못한 채로, 나는 매일 무늬와 함께 걷는다. 달마시안이냐는 질문을 지나치고, 근사한 포인터라는 감탄을 지나치고, 사냥개라는 손가락질을 지나치고, 그리고 뭉치애견 앞을 지나친다. 역시나 캉캉 짖는 소리가 들려온다.

어린 사냥개들이 버려진 사냥개에게 짖는다. 와이어폭스테리어가 포인터에게 짖는다. 아직 무명일 강아지들이 무늬라는 이름의 개에게 짖는다. 창창한 재능을 지녔을 개들이 재능이 없다고 판명 난 개에게 짖는다. 나는 속으로 속삭인다. 애들아, 무서워하지 마. 붙으면 아마 너희들이 이길걸? 무늬는 말이다, 사냥에 뜻이 없거든.

••

사냥에 뜻이 없다, 는 말은 다른 누군가의 표현이다. 안톤의 입양을 최종 결정하려고 더봄센터에 갔을 때 만난 한 활동가님의 말. 참, 안톤은 무늬의 옛 이름이다. 나는 그날 들었던 안톤의 이야기를 아직까지도 소중하게 간직하고 있다.

"그전에 어떻게 살았는지 저희도 몰라요. 아마 사냥개로 키우려고 했겠죠? 그런데 이제 안톤이는 사냥에 뜻이 없었던 것으로……."

사냥에 뜻이 없었던 것으로……. 파주에서 은평으로 돌아오는 내내 그 말을 생각했다. 지금의 무늬, 더봄센터 시절 안톤이, 그보다 더 전 도살장에서 죽음을 기다리던 어린 포인터. 그에게는 뜻이 있다. 그에게 뜻이 있으므로, 어떤 뜻은 없기도 하다. 나는 무늬의 뜻이 궁금하다. 그의 뜻을 이해할 수 있다면, 그에게 있는 뜻을 펼치는 조력자가 될 수 있다면, 그가 어떻게 불리는지는 크게 중요하지 않다.

내가 마침내 무늬의 뜻을 깨치는 상상을 해본다. 그 귀한 비밀을 종이에 적어서 주머니에 넣고, 뭉치애견을 향해 달리자. 포인터야 아저씨에게 알려주는 거야. 무늬의 이름을 알려드리러 왔어요. 아니, 그보다 더한 것을 알려드리러 왔어요. 무늬의 뜻이 뭔지 아세요? 나는 종이를 건넨다. 포인터야 아저씨는 더 이상 포인터야~ 하고 무늬를 부르지 않게 된다. 이윽고 포인터야 아저씨와 나는 나란히 앉아, 사냥에 뜻이 없는 와이어폭스테리어를 골라내는 시간을 보낸다. 놀랍게도, 그중 어떤 개도 사냥에 뜻이 없다. 포인터야 아저씨와 나는 모두의 뜻을 하나하나 생각한다. 생각하는 동안 뭉치애견의 간판이 바람 앞의 모래성처럼 사라진다.

우정을 주제로 쓰기가 마치 처음 겪는 어려움이라는 듯 순진하게 굴 수는 없다. 오히려 그건 너무 많이 시도해서 질려버린 일에 가깝다. 나는 10대 후반부터 20대 초반까지 영등포구 하자센터의 '어딘글방'이라는 공동체에서 글쓰기를 훈련했다. 분명 모두에게 열려 있는데도 지독하게 남자 아닌 애들만 남는 공간이었다. 어딘글방을 처음 찾아갈 무렵의 나는 섹스 아니면 강간 얘기하는 화난 여자애였다.

그곳에서 나와 같고 다른 애들을 만났다. 똑똑한 애도 순진한 애도 잘 꾸민 애도 못 꾸민 애도 예쁜 애도 예쁨 같은 것엔 관심 없는 애도 있었지만 다들 글을 잘 쓰고 싶어 한다는 점만은 같았다. 그중에는 10년 후 등단 제도의 바깥에서 나타나 걸출한 에세이스트로서 출판계와 독자의 환영을 받게 되는 인물들도 있었다. 그때는 그런 미래를 미처 다 알 수 없었음에도 우리는 그저 썼다. 무려 작가 되기를 원하는 사춘기 여자애들. 싱그럽고 징그러운. 그 틈바구니에 있고 싶어서 매주 강원도 봉평과 서울시 영등포구를 오갔다. 그 애들과 함께 쓰고 싶어서.

무엇에 관해 썼던가? 학교의 안팎, 내가 잤던 여자와 남자 들, 장례식과 유서, 그때 그 음식, 디바들, 춤과 노래 들, 어림과 늙음, 운명, 계절, 그의 죽음, 터미널에서 하는 생각, 장보기 목록, 이뻐죽겠고 미워죽겠는 친구, 또는 친구 없음, 버스와 택시, 수영과 달리기, 가질까 봐 무서워한 아기, 끝내 가지지 못한 아기, 우리 할아버지들의 직업, 싸움의 기술, 맞고 때린 일, 배신당하는 기분, 질투의 이력, 성폭행당하던 날의 날씨, 손과 얼굴, 황진이와 허난설헌과 논개, 먼 나라에서의 도둑질, 거기서 그 애와 사랑에 빠진 일, 엄마, 엄마의 엄마, 엄마의 엄마의 엄마, 그리고 나, 그리고 너…….

어딘은 이 이글거리는 이야기들을 혼신의 힘을 다해 받아낸 스승이자 동료였다. 그러나 붐빌 때는 열 명도 더 되는 학생들의 이야기를 모두 합한 것보다 그가 가진 이야기가 항상 더 많았다. 인어 공주에서 출발한 이야기를 논개로 도착하게 하는 사람. 베트남, 연해주, 하와이의 여자들에 대해 말해주는 사람. 경주를 말하다가 남영동을 말하고, 박완서와 박경리를 읽으라고 채근하는 사람. 고정희도 랭보도 인용하는 사람. 정약용에 대해서도 바오밥나무에 대해서도 인공지능에 대해서도 똑같이 할 말이 많은 사람.

스승에게도 한계란 게 있겠지만, 적어도 내가 그것을 목격할 일은 없다고 느낄 정도로 방대한 지식을 그는 품고 있었다.

어딘 이후로도 생의 길목에서 그런 여자들을 자꾸 마주쳤다. 무시무시하게 똑똑한 여자들. 머리가 짧고 결혼을 하지 않았으며 페미니즘이라고 말할 때에는 꼭 f 발음을 살리는 여자들. 그들은 하나같이 소화기관이 나빴다. 그리고 잊기 어려운 목소리와 인상이 짙은 화술을 지니고 있었다. 타인의 마음에 말을 남게 하는 게 직업인 사람들이니까.

어느 날 책장을 쳐다보다가 민음사 세계문학전집이 백인 남자들의 사진으로 빼곡하다는 사실을 발견하고 이상함을 느꼈던 기억이 난다. 어떻게 생각해도 내게 글은 여자가 쓰는 거였기 때문이다. 아직도 글을 쓸 때면 나는 머릿속에서 여성의 음성으로 혼이 난다.

• •

어딘글방에서 우리는 작가 되기뿐만 아니라 작가의 친구 되기도 훈련했다. 인용하는 연습뿐만 아니라 인용당하는 연습도 했다. 기꺼이 서로의 글감이 되어줄 수 있는가? 글방에서 우정은 그런 의미를 포함하고 있었다. 어떤 경험과 말에 '내 것'이라는 딱지를 붙이는 건 치사하고 쩨쩨한 처사였다. 누가 나를 글에 써서 분하다면 나도 그를 글에 쓰면 된다. 공동으로 겪은 하루를 한 사람은 글로 써 오고 한 사람은 만화로 그려 오는 풍요가 글방에는 있었다. 아직 쓰이지 않았다면 이야기가 아니다. 따라서 '내 이야기였어야 할 이야기'라거나 '내가 쓰려고 했던 이야기'라는 표현은 틀렸다. 그가 썼다면 그의 이야기인 것이다.

글방에서 좋은 작가란 너와 나라는 진부한 이분법을 탈피해보려는 작가였다. 굵고 검은 자아의 윤곽선을 부단히 지우며 힘껏 투명해져보려는 작가. 어설프더라도 주어 자리에 '너'나 '그'를 적어보고 이해해보려는 글들이 따뜻한 응원을 받았다. 그런가 하면 '나'라는 주어, 나에 대한 관심, 나의 감정으로만 가득한 글들은 호되게 혼이 났다. 잊을 만하면 부풀어 오르는 자의식을 바늘로 찔러 터뜨리면서 우리는 자주 울었다. 자다가 울고, 쓰다가 울고, 읽다가 울고, 담배를 피우다가 울었다. 훗날에는 두고두고 긴요할 창피의 경험이었다. 나의 경계를 흐리게 하여 세계의 물이 드는 일. 그런 희석의 감각이 어린 작가들에게는 죽음과도 같이 여겨졌을 것이다. 그 죽음들 끝에 더 크고 깊고 넓어진 내가 태어난다고 하더라도 두렵기는 매한가지였을 것이다.

작가의 좋은 친구가 되는 원리도 같았다. 친구의 글이 칭찬받을 때 마치 내가 칭찬받기라도 한 듯 기뻐하기. 나의 경험과 언어가 네 글의 소재가 되었을 때 얼굴 붉히지 않기. 그런 훈련은 누구에게도 만만치 않았다. 가장 무던한 사람에게도 남이 받는 사랑을 생각하다가 잠 못 이루는 날은 찾아오기 마련이니까. 그런 밤에는 남의 글을 읽고 또 읽었다. 모든 문장이 마치 내가 쓴 것처럼 느껴질 때까지 읽었다. 그처럼 쓸 수 없는 슬픔을 가눌 수 없다면 가장 정확한 해석자의 자리라도 차지하려 했다. 질투하는 만큼 칭찬해보려고 애쓰고, 분한 만큼 이해해보려고 애썼다. 그렇게 노력해도 자신의 글이 혹평을 받는 날 학생의 마음에서는 어김없이 오래된 이분법이 들끓는다. 너이고 싶다. 내가 아니라, 너이고 싶다. 나와 너 사이에 도저히 너비를 헤아릴 수 없는 강이 도로 흐른다. 그간의 노력이 무색하게도.

••

들어도 들어도 익숙해지지 않았던 스승으로부터

의 혹평이라 한다면 단연 '자의식 과잉'이란 말을 꼽겠다. '자의식 적당'이나 '자의식 부족'이란 표현도 있었다면 공부가 조금 수월했을까? 그러면 그 상태들의 차이를 비교해보며 지름길을 찾아낼 수 있었을까? 자의식 과잉이라는 말을 들을 때마다 나는 아무 길도 그려지지 않은 지도 속에 떨어진다고 느꼈다. 땀에 젖은 손에 달랑 '자의식 과잉'이라는 주소가 적힌 쪽지 하나를 쥐고서, 그 주소의 반대편을 찾아가라는 지령을 받은 기분이었다. 그 말이 정확하게 왜 수치스러운지도 모르면서 그 말만은 듣고 싶지 않아서 이렇게도 써보고 저렇게도 써보았다. 그래도 여전히 '나'가 지나치다는 평가가 돌아왔다.

나는 지금도 '나'라는 주어를 쓸 때마다 곧장 어깻죽지에 회초리가 떨어질 것처럼 움츠러들고는 한다. 글 어디에 '나'가 있나 샅샅이 수색한 뒤 그 모든 나를 죽이는 훈련을 집요하게 했기 때문이다. 이건 서툴고 성마른 모든 작가가 반드시 거쳐야 하는 훈련이기도 하다. 글방에서 나는 영원히 그 훈련에 합격하지 못할 거라는 생각을 했다. 그러다 점점 쓰지 않게 되었다. 글을 가져가지 않는 날이 글을 가져가는 날보다 많아지다가, 이윽고 글방을 떠나게 되었다.

글방 이후로 다시는 쓰지 않겠다고 생각했다. 스

승의 말마따나 우아한 독자로 남는 것도 훌륭한 선택이니까. 머지않아 내게 독자가 될 힘도 남아 있지 않음을 알게 되었다. 그럼에도 불구하고 써내기에 성공하는 씩씩한 동료들의 글을 마주치면 마음이 아팠다. 한동안 친구들의 글을 피해 다녔다. 글쓰기가 주는 두려움과 고통이야 글방의 누구에게든 똑같았을 텐데 어째서 내게는 회복도 성장도 주어지지 않았는지, 기어코 쓰려는 마음이 언제 부러졌으며 왜 다시 붙지 않는지 물어볼 사람들 역시 잃어버렸다.

작가가 되는 게 어려워지자 작가의 친구가 되는 일도 어려워졌다. 나는 쓰기를 그만두었지만 친구들의 글 속에는 왕왕 내가 등장했다. 내가 했던 말이 조사 하나라도 다르게 인용되거나 친구의 문체를 입은 채 나타나는 걸 견디기가 힘들었다. 그게 창피했다. 인용당하는 연습을 그렇게 하고도 아직 상처받는다는 사실이. 나는 친구들에게 나의 취약하고 비좁은 마음을 부디 이해해주기를 바란다는 말과 함께 너희의 글에 더 이상 내가 인용되지 않았으면 한다고 부탁했다. 내 언어가 누구에게도 기록되지 않고 사라지기를 바랐다. 그게 내가 그토록 도달하길 바랐던 '나'의 소멸에 가장 인접한 길이었다.

'그럼에도 불구하고' 꾸역꾸역 '나'라고 되살려 적

는 용기를 지닌 사람들도 있다는 사실을 그때는 몰랐다. 달군 인두를 향해 손가락을 뻗는 심정으로, 낙인이 남을 것을 뻔히 알면서, 심지어는 적극적으로 그 상처를 의도하면서 '나'라는 주어를 고수한 작가들도 있다는 사실을 누가 알려주었다면 좋았을 것이다.

'나'를 괄호 칠 수 있는 글의 매끄러움 앞에서, '나-너-우리'로 잡음 없이 이행하는 글의 밝은 사회성 앞에서, '우리'의 자연스러운 확장과 연결을 향한 믿음 위에 지어진 글들의 건강함 앞에서 희망이나 소속감 대신 외로움과 좌절감을 느끼는 사람들에게는 어떤 쓰기의 방법이 남는가? 사회가 자꾸 너는 뭐냐고 묻는 것 같은 환청에 시달리는 사람들, 그러다가 '나는'을 남발하게 된 자의식 과잉자들의 글은 어떻게 읽는가? 나를 함구하면 '우리'에 포섭되는 데 동의했다고 간주하는 정상성의 폭력에 맞서 버티고 있는 '나'를 어떻게 알아보는가? 존재하는 게 당연하지 않아서 삭제될 자유도 획득하지 못한 '나'들, 그런 사연으로 죽지 못한 '나'들을 어떻게 찾아내는가?

나는 너라는 긍정의 미소보다는, 나도 내가 아니라는 부정의 폭소만을 맞춤옷처럼 소화하는 사람들의 무리를 만났다면? 그런 질문을 던진 사람들의 계보와 좌표를 일찍 소개받았다면, 그랬다면 좀 더 나은 실패의 스타일을 익힐 수 있었을까? "내 몸에서 나가지 않는" 그 모든 "년들"•에 대해 방언을 쏟아내는 김언희의 기세를 배웠다면. 나와 꽃과 죄수 사이에 등호를 놓고 말갛게 웃는 장 주네의 사랑을 배웠다면. 수치심의 경험도 자긍심의 경험도 '나'라는 주어 아래 기록하길 포기하지 않으며, 이 '나'들이 서로에게 내는 상처까지 드러냄으로써 끝내는 읽는 이를 여럿으로 쪼개놓고야마는 일라이 클레어의 악취미를 배웠다면. 그랬다면 글 쓰는 친구들 곁을 떠나지 않아도 되었을까?

••

친구들 때문에 쓰지 못한 시간이 길었음에도, 내가 다시 쓰게 된 것 역시 친구 때문이었다. 어느 날 오랜 친구가 자신이 하는 메일링의 한 코너에 글을 써달라는 청탁을 해왔다. 처음에 나는 이제 쓰는 손을 잃어버렸다고 대답했다. 친구는 넉넉하게 마감일을 정해주며 나를 어르고 달랬다. 못 이기는 척 썼다.

• 김언희, 〈도금봉을 위하여〉, 《보고 싶은 오빠》, 창비, 2016, 46쪽.

더 이상 쓰고 싶지 않다고 거짓말하기엔 민망할 정도로 많은 분량의 글을 써서 보냈다. 이렇게 쓸 거면서 왜 그간 쓰지 않았냐고 친구는 물었다. 너무 쓰고 싶어서 쓸 수 없었다고 나는 말하지 않았다.

그 이후로 친구 없이는 글을 못 쓰는 사람으로 지낸다. 2023년 초여름에는 아예 〈친구의 표정〉이라는 제목의 일간 메일링을 했다. 친구들의 말에 적극적으로 기댄 글들을 썼다. 쓰는 이들 사이 우정의 법도는 내가 기억하던 것과 같았다. 모두가 너그럽게 자기의 말을 빌려주었다는 뜻이다.

언제부턴가 좋아하는 작가를 물으면 친구들의 얼굴이 떠오른다. 그들의 뛰어난 문장과 생각을 모셔와 내 글의 부족함을 만회한 적이 수도 없이 많다. 그 대가로 나도 내 말을 그들에게 헤프게 준다. 이제는 친구들이 나를 어디서 어떻게 인용하든 크게 상관하지 않는다. 공교롭게도 '나는'이라고 너무 많이 쓰다가 그렇게 되었다. 원없이 '나'라고 써놓고 보니 그 많은 '나'가 다 나일 리가 없는 것처럼 느껴졌다. 나는 무엇이라고 쓰는 순간 나는 그 무엇으로부터 멀어진다. 나는 무엇도 아니다. 그러므로 내 말은 너의 말도, 그의 말도 될 수 있다.

서로를 이렇게나 적극적으로 인용하는 무리가 있

고 거기에 내가 속해 있다는 사실이 자랑스러운 한편, 또다시 한 글자도 쓸 수 없게 되는 날이 올까 봐 두려워하곤 한다. 글 속에서 서로의 이름을 부르는 친구들을 보며 고향을 포기한 사람처럼 쓸쓸해하던 날들. 스스로 떠났으면서 따돌려지고 있다고 느끼던 날들. 어쩌면 이 무리의 바깥에 여전히 그가 있을까 봐 신경이 쓰인다. 꼭 나 같은 그가 나를 미워하고 있을까 봐.

이 글에서는 어떤 친구의 이름도 어떤 친구의 말도 인용하지 않았다. 그건 얼마 전 내가 어떤 기록 불가능성의 기쁨을 보았기 때문이다.

화요일마다 친구들과 소울댄스를 배우기로 했다. 첫 수업이 끝나고 각자의 영상을 확인하는데 푸하하 웃음이 터졌다. 안무를 틀리지 않는 이가 없었다. 셋이서도 전혀 다르게 움직이고 있었다. 같은 선생님에게 배웠다고는 믿을 수 없을 만큼 다른 춤. 쓰기에 있어서는 나와 너를 자유자재로 넘나드는 작가들이 처절하게 나이기만 한 채로 춤추는 모습이 고스란히 카메라에 담겼다. 누가 봐도 우리는 너무 못하는 일을 하고 있었다. 말하자면 원본을 흉내 낼 수조차 없을 만큼 요령 없는 장르의 일을 아주 열심히 하고 있었다. 그래서 걔는 어떻게 춤을 췄다고? 누군가 묻는다고 해도 나는 그 움직임을 재현할 수 없을 터였다. 기록도, 인용도 불허하는 춤. 나의 문자로 포섭해 지면에 눕힐 수 없는 너의 움직임. 갑자기 어려진 기분이 들었다. 모두가 내가 되는 법밖에 모르던 때로 돌아간 듯한 얼굴이었기 때문이다.

그래, 네가 거기 있구나. 내 바깥에. 오랜만에 그렇게 느꼈다. 서로에 대해 자주 쓰다 보면 가끔 그들이 내 안에 있는 것만 같다. 그건 물론 황홀하고 든든한 감각이다. 그러나 서로의 안에 있는 상태로는 서로의 춤을 볼 수가 없다. 친구를 보기 위해서 나는 우리의 바깥으로 나갔다. 우리의 몸이 떨어져 있다는 게 좋았다. 우리 사이에 금이 그어져 있다는 게. 이해 너머에 있는 영역, 그러므로 감히 쓸 수도 없는 영역이 건재하다는 게 좋았다. 나는 친구에 관해 쓸 수 없는 시간 속으로 들어가서 비로소 친구를 향해 팔을 뻗어보았다. 그리고 그 시간에 관해서는 조금도 기록하지 않았다.

〈작가-친구-연습〉, 《한편》 12호.

한동안은 한 명의 독자를 향해 글을 썼다. 정확하게는 적어도 한 명은 읽어줄 것임을 알면서 썼다. 쓰는 자기 자신을 제외한 최초의 독자를 가지는 행운을 아무나 누릴 수 없다는 점을 잘 알고 있다. 그건 매번 글을 쓸 때마다 소정의 감사 기도를 올려야 할 만큼의 복이다. 글쓰기가 아무리 외롭고 괴롭다 하여도.

나의 최초의 독자는 이끼다. 이끼에게 글을 보여주었느냐가 내 마감의 첫 번째 기준이다. 거꾸로 이끼의 최초의 독자는 나다. 우리는 서로에게 글을 보여주고 읽고 말을 보태는 일을 몇 년간 해왔다. 보태는 말은 대개 칭찬이다. 너라는 탁월한 작가, 그러나 그 뛰어남을 조금도 즐기지 못한다는 점에서 자신의 글에 관한 한 최악의 독자인 작가, 그런 네가 네 손으로 직접 쓰고도 미처 다 알아보지 못한 아름다움을 나는 발견했다는 점을 꼭 일러두어야겠으며, 시기심으로 가슴을 퍽퍽 치는 와중에도 기어이 그 일을 하고 있는 이유라면야, 그건 오직 진실을 외면하지 말아야 한다는 일념 때문이다……라는 식으로. 마감이 급한 날에는 소매를 걷어붙이고 상대방의 글을 편집해주기도 한다. 둘 다 글방지기로 오래 일한 덕에 남의 글은 훤히 본다. 그게 아니면 사람은 오직 자기 글에만 깜깜하다는 게 진리거나.

언젠가부터 이끼도 나도 끊임없이 마감을 하고 있다. 수많은 원고가 카톡 창을 오갔다. 아주 느린 탁구를 치듯이…… 원고를 가지고서 랠리를 거듭하다가 우리는 주변을 둘러본다. 객석이 텅 빈 것 같지 않아요? 어쩌면 처음부터 객석이란 게 없는지도요. 우리를 제외하고 누가 이걸 읽기는 읽는 걸까요?

나란히 허탈해진 이끼와 나는 얼마 전 〈최초의 독자〉라는 팟캐스트를 시작하고 공동 호스트가 되었다. 거기서도 우리는 비슷한 일을 한다. 글을 가져오고, 낭독하고, 합평한다. 다른 점이 있다면 그 과정을 녹음하여 배포한다는 것이다. 누구라도 들어주었으면 한다는 마음을 아주 노골적으로 비치면서.

〈최초의 독자〉 2화에서 밝혀진 바에 따르면 이끼는 새 이야기를 듣는 걸 별로 좋아하지 않는다. 대신 오래된 이야기를 듣고 또 듣는 것을 좋아한다. 덕분에 나는 마감 하나가 끝날 때마다 부끄러움도 없이 똑같은 하소연을 할 수 있다.

"이렇게 살아야 하는 걸까요?"

"어떻게요?"

"그냥 이렇게…… 글을 쓰고…… 그다음 글을 쓰면서…… 그런 다음 또 그다음 글을 쓰고……."

멍하게 중얼거리는 나에게 이끼는 어저니 담이야, 어저니, 하고 대답한다.

어저니 담이야, 어저니.

핸드폰으로 쌍자음을 입력하는 법을 몰랐던 나의 할머니 조명자는 이런 오타를 내곤 했다. 이제 '어저니'는 약 n명 사이에서 통하는 유행어다. 자음을 한 겹 걷어낸 탓인지 이렇게 말할 땐 보다 약하고 투명한 기분이 된다. 생의 투과율이 높아진 몸과 마음과 언어. 더 쉽게 다치지만, 승복도 더 빠르지. 어쩔 수 없다고 발음하지 않고 어절 수 없다고 발음하면서 우리는 생이 우리를 쉬이 통과하게 둔다. 그러면…… 아퍼 이 시발 자증 나게 샹…….

초고를 나누는 사이에 더 창피할 것도 없으므로, 이끼와는 가끔 고기를 함께 먹는다. 또는 고기를 먹은 날에 꼭 서로에게 고해성사를 한다. 고백건대 이끼와 그런 사이가 될 수 있을 거라고는 조금도 예상하지 못했다.

이 이야기는 하는 수 없이 2015년으로 거슬러 올라간다. 그해는 학교 축제에 에픽하이가 게스트로 초청되었던 해로서…… 내가 이 이야기를 또 하고 있다는 걸 알면 이끼는 몸서리칠 테지만……. 아무튼 그때까지만 해도 나는 이끼의 이름과 얼굴 정도를 간신히 알고 있었다. 전공도 같고, 글을 쓴다는 점도, 종종 공연을 한다는 점도 같았지만 도통 가까워질 기회가 생기지 않는 인물이었다. 그럼에도 가끔 도서관을 거닐다가 그가 글을 싣곤 하는 문집이 새로 나오지는 않았는지 유심히 살폈다. 문집이 나오면 부리나케 가져다 읽고 열심히 아파했다. 글이 좋아서, 나는 그렇게 쓸 수는 없어서, 그가 좋아서. 그를 아예 몰랐으면 해서.

축제가 한창이던 밤. 에픽하이의 콘서트가 열리고 있는 중앙 운동장의 가장자리를 빙 돌아 버스 정류장으로 향하는 중이었다. 잔디밭 외곽에서 이끼를 보았다. 어, 나 저 사람 알아. 그 여자는 남자 친구의 휠체어 뒤편에 번쩍 올라서서 미친 듯이 몸을 흔들고 있었다. 짧은 머리가 땀으로 다 젖고 리듬이 주는 흥분으로 얼굴이 붉었다. 모르는 노래가 없는지 입이 쉴 새 없이 움직였다. 모든 부정한 기운을 물리칠 수도 있을 만큼 명도가 높고 커다란 웃음을 얼굴에 드리운 채였다. 그와 그의 연인과 춤. 그 바깥에도 무엇이 존재한다는 사실을 결코 모르는 사람처럼 그는 춤을 추었다. 즐거워 보였다. 나는 그의 춤을 빤히 쳐다보다가 고개를 돌렸다. 왜냐면 그 모습은 뭐랄까, 누군가에게 목격되기에는 지나치게 아름다웠기 때문이다. 내게 황금 사과가 있다면 나는 그걸 지체 없이 그 순간의 이끼에게 줄 수 있다. 아름다워. 무구해. 지나쳐. 우리가 친구가 되기에는. 그날 나는 이별 통보를 받은 사람처럼 마저 집으로 돌아갔던가.

••

나중에, 아주 나중에, 그에게 숱하게 밥을 먹여보고 나서야 알게 되었다.

애…… 은근 많이 먹잖아?

입이 짧을 거라는 오해를 받는 일이 익숙한 듯이 그는 말했다. 저 굉장히 잘 먹어요. 가리는 것도 없어요. 양이 얼마다 정해져 있는 건 아닌데 일단 눈앞에 있으면 다 먹어요. 넌 뭐든 다 맛있다고 하지 않느냐고 누군가 벌컥 화를 낸 적이 있다고 했다. 그러나 밥 차리기를 좋아하는 사람으로서는 그만한 관객이 없어서 나는 그를 자주 집에 초대했다. 내가 차린 밥을 다 먹을 줄 아는 여자애하고 식사를 하는 일은 기쁘다. 우리는 많은 식사를 함께했다. 비건 음식도 먹고 비건 아닌 음식도 먹었다. 때로는 함께 육식을 한 힘으로 다음 날의 채식을 도모하기도 했다.

자기 앞에 있는 음식은 다 먹는다고 주장하던 이끼는 최근에는 양이 줄어 밥을 조금씩 남긴다. 그의 더부룩한 표정을 보면 그가 최선을 다했음을 알 수 있다. 그럼에도 그는 차려준 것을 다 못 먹어서 미안하다고 말한다. 나는 조금 적게 주면 됐을 것을, 양을 파악하지 못해서 미안하다고 말한다. 이끼는 언젠가 미안한 게 싫다고, 아무도 아무에게도 미안하지 않았으면 좋겠다고 쓴 적이 있다.

하루는 미뤄둔 통성명을 하는 기분으로 이끼에게 물었다. 조금은 기대감에 부푼 마음으로.

"혹시 잘못한 쪽이었던 적이 있어요?"

"나는 항상 그쪽이에요. 늘 그런 기분이에요."

"억울함에 관해서는 어떻게 생각해요?"

"그럴 주제가 아니라고 생각하지요."

그건 모두 정답이었다.

이끼와 나는 언젠가 각자의 잘못이 밝혀져서 공론화를 당하게 되면 서로의 증인이 되어주기로 약속했다. 상상 속에서 우리의 잘못은 여럿이다. 사랑하지 말아야 할 사람을 사랑한다. 사랑해야 할 사람을 사랑하지 않는다. 먹지 않기로 한 것을 먹는다. 이를테면 뼈가 붙은 고기같이. 글을 쓴다. 그것도 남이 나오는 글. 남이 나오는 글을 쓰고 허락도 구하지 않는다. 관점과 언어를 훔치고 출처를 잊어버린다. 자격도 안 되면서 감히 춤을 잘 추고 싶어 한다. 그런 소망을 비밀에 부친다. 겉과 속이 다르다. 겉이 너무 여러 개다. 그다 살고 싶어 하지 않는다. 그러면서 계속 산다. 그냥 살지 않고 뭔가를 생산한다. 생산하느라 착취한다. 옹호하지 말아야 할 인물의 마음을 이해한다. 인간과 동식물을 상처 입히는 사람들과 연을 끊지 못한다. 동료 시민에게 해를 끼친 사람의 사정을 헤아린다. 잘못한 사람의 친구로 남는다. 이제 뭐라고 증언해야 할까?

"걔가 모르고 그러진 않았을 거라고 할 것 같아요. 다 알면서, 그럼에도 불구하고 너무 사랑해서 그랬을 거라고요."

"사랑해서요? 무엇을요?"

"모르죠. 무엇이든요. 이끼가 일을 그르치는 이유

도 나랑 비슷한 것 같아서요. 이끼는요?"

"저는 담은 어떤 상황에서든 자기가 손해 보는 방식으로 움직이는 사람이라고, 그래서 그랬을 거라고 증언하고 싶어요."

"정말 웃겨요."

"그러니까 우리는 어느 쪽이든 걔가 그럴 리가 없다고는 하지 않네요. 지금 하는 말을 종합하면 이거잖아요. 걔가 그런 애예요."

"걔는 그러고도 남을 애예요, 거기서 출발합시다."

"증언으로서는 아주 불리하네요."

"그렇죠. 내 진실을 알아주는 사람이 있다는 점이 중요해요."

"모든 걸 잃더라도요."

"유죄라는 게 진실이라 해도요."

그렇고 그런 사람. 떠도는 소문대로인 사람. 악명과 본명이 같은 사람. 이미 저지른 잘못을 속죄하며 살고 있으므로 하지 않은 잘못에 관해서도 소명할 의지를 잃은 사람. 그런 사람에게는 네 잘못이 아니라는 말만큼 모욕적인 말도 없다. 우리는 알고 있다. 우리가 그랬다는 것을.

이끼의 프로필에는 이런 말이 적혀 있다. 불구의 몸, 상한 마음, 잘못한 사람에 관심이 있다. 누군가는 이 문구를 '부상 입은 몸, 다친 마음, 실수한 사람'으로 오독할지도 모른다. 나도 그런 과예요, 어쩌면 그렇게도 주장하겠지. 나는 때로 그런 사람들을 생각하다 분노에 휩싸인다. '이미 잘못한 사람들의 섬'을 꾸리고 이런 경고 사인을 다는 상상을 한다.

> 돌이킬 수 있는 사람은 들어올 수 없음.
>
> 비가역적 죄인 only.

대체 무엇을 그렇게 잘못했는가 물으면 그건 앞서 우려한 미래의 공론화에서 밝혀지게 될 테니 두고 보시라 대답하겠다. 중요한 건 잘못의 내용이 아니다. 실은 무엇을 잘못했는지도 오래전에 잊어버렸다. 언제나 잘못한 기분으로 산다는 게 중요하다. 머지않아 들킬 것 같은, 탄로 날 것 같은, 적발될 것 같은 이 기분. 그게 곧 내 삶의 태도다. 나는 기분이 태도가 되지 않게 하라는 조의 모든 격언을 참을 수가 없다.

●•

〈최초의 독자〉 파일럿 화를 올리고 나서 한동안 기분이 좋지 않았다. 뿌듯할 줄로만 알았는데 바닥도 없이 괴롭기만 했다. 내가 더 이상 통제할 수 없는 말이 온라인에, 그것도 몇 번이고 다시 재생할 수 있는 방식으로 올라가 있다는 사실 때문에 온몸의 피가 식는 느낌이 들었다. 이끼도 업로드 이후로 내내 우울하다고 했다. 이끼는 내게 왜 우울한지 물었다. 나는 하지 말아야 할 말만 한 기분이라고 대답했다. 이번에는 내가 이끼에게 왜 우울한지 물었다. 들어줬으면 하는 사람은 듣지 않을 것 같다고 이끼는 대답했다.

“이렇게 살아야 하는 걸까요. 이렇게 늘 마음이 아픈 채로.”

이제 내가 어저니 이끼야, 어저니, 라고 말할 차례였는데. 눈물을 뚝뚝 흘리는 이끼를 보면서 내가 그를 위해 해주기로 한 증언을 철회하고 싶은 마음이 들었다. 대신 이렇게 바꾸어 말하고 싶었다. 네 잘못이 아니야. 그러나 오래전 ‘실은 잘못이 없는 사람들의 섬’ 대신에 ‘이미 잘못한 사람들의 섬’을 가꾸기로 결정했다면 그 대가도 반드시 치러야 한다. 네 잘못이 아니라고 말해줄 자격을 잃는 대가. 아무래도 최초의 독자는 심판관보다는 공범에 가까운 것이다.

언젠가 이런 순간이 오리라고 짐작했었지. 최초의 독자가 있다는 것만으로는 충분치 않은 순간이. 우리는 다른 독자, 때로는 아주 특정한 독자를 하염없이 기다리게 될 테고, 그가 오기 전까지는 영영 괴로울 테지. 어떤 말로도 그 고통을 옮게 할 수는 없을 것이다. 어느새 축축하게 젖은 친구의 얼굴을 바라보다가, 자음도 모음도 모두 잃고 나는 공허한 상상을 한다. 상상 속에서나마 시간과 운명과 역사를 거스른다. 대체 역사 속에서 우리가 하는 팟캐스트의 이름은 〈최후의 독자〉다.

친구의 표정

초판 1쇄 인쇄 2024년 7월 25일
초판 1쇄 발행 2024년 8월 7일

지은이 안담
펴낸이 최순영

출판2 본부장 박태근
스토리 독자 팀장 김소연
편집 곽선희
디자인 김태수

펴낸곳 ㈜위즈덤하우스 **출판등록** 2000년 5월 23일 제13-1071호
주소 서울특별시 마포구 양화로 19 합정오피스빌딩 17층
전화 02) 2179-5600 **홈페이지** www.wisdomhouse.co.kr

ISBN 979-11-7171-249-6 03810